Patrizia M. – vermisst am Flugplatz Hangelar

AF190518

Rhein-Sieg-Kreis Krimi

Patrizia M. -

vermisst am Flugplatz Hangelar

Der 17. Fall der Kommissarin Thekla Sommer

www.rsk-krimi.de

Bibliografische Information der Deutschen Nationalbibliothek:

Die Deutsche Nationalbibliothek verzeichnet diese Publikation in der
Deutschen Nationalbibliografie; detaillierte Daten sind im Internet über
http://dnb.dnb.de
abrufbar

1.Auflage
Erschienen 09/2023
Copyright © 2023 Kersten Wächtler
Coverbild: © Klaus Stahl
Herstellung und Verlag: BoD – Books on Demand, Norderstedt
ISBN: 9783757879181

Alle Personen und Tathergänge sind frei erfunden.

Ähnlichkeiten mit lebenden oder toten Personen sind rein zufällig.

Ein aufheulender Motor und laut durchdrehende Räder
ließen Sebastian Laube hochschrecken. Er war bereits seit
vierzehn Stunden im Dienst an der Einlasspforte der JVA
Siegburg. Sebastian war leicht eingenickt. Also, - er war
nicht eingeschlafen, sondern in einen Dämmerzustand
zwischen wach und Schlaf verfallen. Normalerweise war
die Schichtlänge hier auf acht Stunden begrenzt, doch der
Kollege, der ihn ablösen sollte hatte sich kurzfristig
krankgemeldet. Er hatte unerklärliche
Herzrhythmusstörungen und wollte diese lieber ärztlich
abklären lassen. Aus diesem Grunde hatte sich Laube
dazu bereit erklärt, eine Doppelschicht zu machen. Er saß
also in einem drei mal vier Meter großen Raum direkt
hinter dem Stahltor, welches den Einfahrtsbereich zur JVA
verschloss. Laube schaute auf die elf Monitore, die mit
den Überwachungskameras der Außenmauer rund um das
gesicherte Gelände, verbunden waren. Das einzige was zu
sehen war, waren die Rücklichter eines Autos, welches
etwa neunzig Meter vom Tor entfernt nach links auf die
Luisenstraße fuhr. Wieder mit durchdrehenden Rädern.
Sebastian Laube informierte seine Kollegen im
Videokontrollraum, der sich im Inneren der JVA im
gesicherten Untergeschoss befand. Hier liefen alle Bilder
der gesamten einhundertdreiunddreißig Kameras, die sich
im Innen- und Außenbereich befanden, auf insgesamt
achtzig Monitoren zusammen. Hier nahm man die

Meldung sofort zum Anlass, alle Kollegen im inneren Wachdienst in Bereitschaft zu versetzen. Es könnte sich unter Umständen um eine Flucht aus dem Gefängnis handeln. Nachdem alle Zellen in den einzelnen Gebäudetrakten, sowie die Ausgangstüren und Zwischentüren zu den Sozialräumen kontrolliert und auf den ordnungsgemäßen Verschluss geprüft wurden, wurde nach siebenundfünfzig Minuten der "Voralarm" um fünf Uhr und drei Minuten, wieder aufgehoben. Sebastian Laube hatte vollkommen richtig gehandelt und sich an die schriftlich vorgegebene Richtlinie gehalten.

Am nächsten Morgen, es war Pfingstmontag 2023, versammelten sich eine Handvoll Menschen vor der JVA. Sie wollten ihre Liebsten oder sonstige Verwandten abholen, die an diesem Morgen nach verbüßter Haftstrafe entlassen werden sollten. Einem der Abholer fiel dabei eine kleine Blutlache am Rande der Straße auf, die etwa zehn Meter vor dem Gefängnistor, zu sehen war. Er wunderte sich, denn das relativ frisch wirkende Blut, stand im Kontrast zu den, direkt daneben befindlichen schwarzen Reifenspuren, die normalerweise nach einem scharfen Bremsmanöver eines Autos, entstehen. »Da wird bestimmt jemand angefahren worden sein« dachte sich der Mann leicht verwundert. In Gedanken ging er jedoch weiter zum JVA-Tor. Er wollte seinen langjährigen Kumpel abholen, der hier sechs Monate wegen erstmaligem Kreditkartenbetrug, eingesessen hatte.

Pünktlich um acht Uhr öffnete sich das Tor so weit, dass nur eine Person den Innenbereich verlassen konnte. Danach schloss sich das Tor wieder. Glücklich lächelnd, endlich wieder in Freiheit zu sein, nahm der „Ex-Häftling" seine Frau in die Arme, die ihn abholte. Dieser Vorgang wiederholte sich noch drei Mal, wobei Salvatore Martini an diesem Morgen als letzter, den Innenhof der Haftanstalt verließ. Er blinzelte gegen die tiefstehende Sonne, die über der ehemaligen Kaserne, die sich schräg gegenüber befand, schien. Er hatte sich auf diesen Moment sehr gefreut und sich bis ins Detail ausgemalt, wie er seine Frau umarmen und küssen wollte. Er überlegte, noch vor dem Weg nach Hause in der Nähe von Altenkirchen in Siegburg, mit ihr in einer kleinen Pension ein Zimmer zu nehmen und mit ihr seinen Heißhunger nach körperlicher Zweisamkeit, zu stillen. Schließlich war er gebürtiger Italiener und hatte stets einen lustvollen Drang danach, sein Becken im Takt mit einer Frau zu vereinen, mal zärtlich wie eine Violine und mal stürmig wie eine E-Gitarre. Er schaute lächelnd nach links und nach rechts, da er glaubte, seine Frau hätte sich an der hohen JVA-Mauer versteckt. Doch er sah sie nirgendwo. In der Annahme, sie würde an der Luisenstraße warten, ging er die etwa neunzig Meter gerade verlaufende Straße von der JVA, in Richtung Hauptverkehrsstraße zwischen Siegburg und Troisdorf. Doch auch hier entdeckte er seine Frau nirgendwo. Weder auf der linken Seite der Straße noch auf der anderen gegenüberliegenden Straßenseite.

9

Mit zusammengekniffenen Augen und die Stirn in Falten gelegt, schlenderte er zurück in Richtung des Tores, aus dem er gerade gekommen war. »Vielleicht spazierte sie noch auf der Straße rund um die JVA und hat die Zeit vergessen?« dachte er. Als er kurz vor dem Tor wieder angekommen war, bemerkte er die starken Bremsspuren auf der Straße und den, noch nicht vollständig getrockneten, Blutfleck. Er kniete sich mit einem Bein hin und berührte mit dem Zeigefinger seiner linken Hand das Blut. »Das ist tatsächlich noch frisch. Hoffentlich hat meine Frau hier keinen Unfall erlitten und ist deshalb nicht hier« dachte er. Er suchte die nahe Umgebung mit Blicken nach weiteren Unfallspuren oder Glassplittern ab. Es war nichts zu erkennen. Voller Sorge ging er nun zum Tor der JVA und klingelte. Vielleicht hatte man hier einen Unfall oder ein anderes Vorkommnis bemerkt? Er sah, wie sich die schwenkbaren Kameras im oberen Bereich der Mauern, auf ihn schwenkten. Dann hörte er durch die Gegensprechanlage eine Stimme:

»Ja bitte?«

Salvatore Martini schilderte sein Anliegen und die vorgefundene Situation ausgiebig. Er schloss mit der Frage, ob die Wachleute etwas Auffälliges bemerkt hätten.

»Also«, tönte es aus dem Lautsprecher, »ich habe erst vor einer Stunde meinen Dienst begonnen aber ich schaue gerne in den Aufzeichnungen des Wachbuches nach. Haben Sie einen Augenblick Geduld, - ich melde mich wieder«. Salvatore nickte und hob seinen rechten Arm mit ausgestreckter Hand nach oben, da er vermutete, dass er auf dem Bildschirm bereits groß herangezoomt worden war. Nervosität zog in ihm hoch. Was war mit seiner Frau? Es vergingen einige Minuten bis sich die Stimme aus dem Lautsprecher wieder meldete: „Wir haben hier in den Aufzeichnungen im Wachbuch einen Vorfall vor dem Haupttor, dort wo Sie sich gerade aufhalten. Der Vorfall beschreibt eine Auffälligkeit mit einem PKW gegen vier Uhr heute Morgen. Mehr kann und darf ich Ihnen dazu nicht sagen. Da Sie dort Blutspuren gefunden haben, habe ich gerade die Polizei angerufen und hinzugezogen. Wenn Sie warten möchten und Ihre Besorgnis wegen Ihrer Frau zur Anzeige bringen wollen, - ein Streifenwagen ist unterwegs. Kurze Zeit später bog ein Polizeiwagen von der Luisenstraße kommend, zur JVA ab. Die beiden Polizeibeamten erkannten einen möglichen Unfall mit Verletzten und informierten die Kollegen der Spurensicherung. Diese nahmen nach Eintreffen, die vorhanden Bremsspuren und Blutspuren auf, dokumentierten diese und nahmen auch Proben des Blutes zur Identifikationssicherung.

*

11

EINEN TAG ZUVOR

»Nun ist doch gut. Sei doch nicht so wibbelig. Wir gehen doch jetzt Pipi machen«.

Wibke Lang, deren Mann vor vier Jahren verstorben war, hatte vor kurzem aus dem Tierheim Troisdorf den Rauhaardackel „adoptiert", wie sie es nannte. „Bronco", dessen Herrchen nach einem Schlaganfall in ein Pflegeheim musste, liebte sein neues Frauchen vom ersten Moment an. Wenn die betagte Rentnerin morgens erwachte und sich angezogen hatte, schaltete sie immer zunächst die frisch befüllte Kaffeemaschine an, um dann sofort erst einmal mit Bronco eine Runde bis hinunter zum Flugplatz Hangelar zu machen. Bronco war von seinem Vorbesitzer so gut erzogen worden, dass er aufs Wort hörte. Deshalb konnte Wibke Lang ihn dort frei laufen lassen, damit er sich auf den dortigen Wiesen erleichtern konnte. Sie schloss die Haustüre, des an der Richthofenstraße gelegenen Hauses, welches sie mit ihrem Mann vor gut vierzig Jahren gekauft hatte und ging die etwa einhundert Meter lange Strecke bis zum Flugplatzgelände. Leider konnte sie nicht mehr so schnell gehen, wie Bronco es gerne gehabt hätte, sodass sich die Leine, wie immer beim morgendlichen Rundgang, so sehr spannte, dass das Halsband dem Tier die Luft abzuschnüren schien. Endlich waren sie auf dem Außengelände des Flugplatzes angelangt und Bronco erleichterte seine gefüllte Blase auf der Wiese. Er hatte die sehr angenehme Angewohnheit, nie auf Asphalt oder Steinen seine Geschäfte zu machen, sondern immer nur da, wo „Grünes" war. Nachdem Wibke den Haken am Ende der Hundeleine gelöst hatte, lief Bronco voller Bewegungsdrang einige Meter auf und ab, dann hockte er sich auf die Wiese und machte einen „müffelnden Braunen", wie Wibke es immer lächelnd nannte. Dies war ein Begriff, den ihr Mann früher immer benutzte, wenn sie beim gemeinsamen Spaziergang, Hunde von anderen Hundebesitzern, die ihre Gassi Runde machten, sahen. Früher lächelte ihr Mann immer, wenn die Hundebesitzer kleine Plastiktüten aus ihrer Tasche zogen, um die Hinterlassenschaft der Hunde einzusammeln. Heute machte es Wibke Lang selber genauso. Jedes Mal musste sie an ihren Mann denken, wenn sie das „Aufsammeln" mit einem Lächeln tätigte. Bronco war bereits weitergelaufen und Wibke sah, dass er vor einer, unter Bäumen befindlichen Parkbank stand, etwas Größeres im Maul hatte und wild mit dem Kopf hin und her schlenkerte.

»Bronco aus, - Bronco pfui«, rief Wibke und beeilte sich, zu ihrem Hund zu kommen. Sie beugte sich hinunter und griff nach einer Tasche, die Bronco immer noch als „Beute" identifiziert hatte und sie nicht loslassen wollte.

Erst als sie die Tonart wechselte und behutsam meinte, »Komm, - gib es mir«, öffnete er sein Maul und übergab seinem Frauchen die „Fundsache". Wibke sah, dass es sich um eine kleine Damenhandtasche handelte. Sie öffnete den Verschluss, um hineinzuschauen. Sie sah ein Handy, Tempotaschentücher, einige verpackte Tampons und einen kleinen Taschenkalender in Notizblockform. Da sie weit und breit niemanden sah, dem die Tasche gehören könne, die Tasche überdies vom morgendlichen Tau, recht feucht war, beschloss sie, das Fundstück mit nach Hause zu nehmen. Von dort aus rief sie bei der Polizei an und meldete den Fund. Auf die telefonische Bitte der Polizei, sie möge die Tasche beim Fundbüro oder der nächsten Polizeiwache abgeben, meinte sie:

»Hören Sie mal guter Mann. Ich bin sechsundsiebzig Jahre alt und nicht mehr gut zu Fuß. Ich habe mir einen Hund angeschafft, um ein wenig Bewegung zu haben, aber mit dem Tier im Bus nach St. Augustin zum Rathaus oder zu Ihrer Dienststelle, - nein«, sie schüttelte mit dem Kopf und schaute Bronco an, der neben ihr auf dem Teppich saß, »das können Sie nicht von mir erwarten«.

Der Polizist zeigte sich einsichtig und meinte, dass die Kollegen auf der nächsten Streifenfahrt bei ihr vorbeikämen, um die Tasche in Augenschein zu nehmen und gegebenenfalls mitzunehmen.

»Dann kommen sie aber bitte nicht zwischen dreizehn und fünfzehn Uhr. Da ist hier Mittagsruhe angesagt. Meistens schlafe ich dann ein wenig«, meinte Wibke Lang, die hinsichtlich des Taschenfundes ziemlich aufgeregt war.

*

»Wo ist denn die Geldbörse? « fragte Thekla und schaute ihre Kollegin Lisa Drollig an, die neben ihr im Besprechungsraum des Siegburger Polizeipräsidiums stand.

»Keine Ahnung«, Lisa zuckte mit den Schultern, »ich habe die Tasche so bei den Kollegen, der hier im Haus befindlichen Wache, abgeholt und noch nicht geschaut, was überhaupt darin war«.

Thekla Sommer, Kriminalkommissarin und ehemals Leiterin der Dienstgruppe II, der hier im Haus in drei Gruppen unterteilten Mordkommission, war nun nicht mehr ausschließlich für Mordfälle zuständig. Vor einigen Monaten hatten sich die Abteilungsleiter aller Dezernate, mitsamt dem Polizeipräsidenten und einem Mitarbeiter des Innenministeriums, getroffen. Hierbei kam zur Rede, dass statistisch gesehen im Rhein-Sieg Kreis, die Anzahl der Morde abnahm, die Anzahl der Vermisstenfälle in den letzten Jahren jedoch stetig anstieg. Von Seiten des Innenministeriums wolle man gerne sehen, dass sich durch eine Umverteilung des vorhandenen Personalstammes, eine neue Gruppe bilde, die sich mit den zukünftigen „Vermisstenfällen" beschäftige und somit die Polizeistatistik besser aussehen ließe. Alfred Bollenkamp, Referatsleiter der Mordkommission hatte daraufhin mit seinen Dienstgruppenleitern besprochen, dass die „neue Abteilung Vermisstenstelle" in seinem Referat angesiedelt sein würde und mit vorhandenen Leuten zu bestücken sei. Nach einer Woche Bedenkzeit und hitzigen Gesprächen mit Robert Hanf, Theklas Lebensgefährten und ebenfalls Mitarbeiter der Dienstgruppe II, willigte Thekla bei Fred, wie alle den Abteilungsleiter liebevoll nannten, zu der Übernahme des neu zu errichtenden Bereiches, ein.

»Allerdings nur unter der Bedingung, dass ich mich, sollte es keine Vermissten geben, auch weiterhin dem Kapitalverbrechen Mord, widmen kann«, hatte Thekla seinerzeit zu Fred gesagt. Dieser biss damals auf seine Unterlippe, als er Theklas Bedingung zustimmte.

»Aber sobald es einen Vermisstenfall gibt, hat dieser für Dich und Dein Team Vorrang«. Thekla willigte ein

16

und war somit die Leiterin der neuen Vermisstenstelle. Ihr Lebensgefährte Robert sowie Lisa Drollig und Peter Ludwig waren ihr weiterhin unterstellt. Auch die „gute Seele" der Abteilung, Sybille Salz, würde weiterhin das Team im Innendienst unterstützen.

Lisa schaute auf den ovalen Tisch im Besprechungsraum und den Inhalt der entleerten Handtasche. Sie zählte auf:

»Ein Kalender in Form eines Notizblocks, ein Handy, Tempotaschentücher, einige Tampons, - ja, Du hast Recht, - keine Geldbörse«.

Die Tür des Raumes wurde geöffnet und Robert Hanf stupste sie mit dem Knie so weit auf, dass er hineingehen konnte. In der Hand trug er ein kleines Tablett, auf dem sich drei Tassen und eine Kanne starken Kaffees befanden. Die Folgen des gestrigen Samstags waren bei ihm noch nicht abgeklungen. Er war mit seinen alten Kumpels des ehemaligen Junggesellenvereins durch die Kneipen Siegburgs gezogen und hatte dabei so manches Bier, wie Reissdorf Kölsch, Sion Kölsch, König Pilsener und sein geliebtes Warsteiner Pils, getrunken. Zwischendurch gab es auch noch verschiedene Schnäpse. Die Folgen davon waren am Morgen sehr schmerzhaft, jedoch appellierte Thekla am Frühstückstisch an seine Dienstpflicht. Schließlich war auch sie mit Freundinnen am Siegburger Marktplatz im Restaurant Casbah feiern und hatte mehrere Cocktails getrunken.

»Wer von Euch hat denn da seine Tasche ausgekippt? « fragte er mit einem breiten Grinsen, »sucht eine von Euch die Erinnerungslücken vom gestrigen Tag? «

»Nun setz Dich einfach hin und trink Deinen Kaffee«, mahnte Thekla in ernstem Ton. »Wir haben unseren ersten Fall als „Vermisstenstelle"«.

»Vermisst jemand seine Handtasche? « flachste Robert weiter, wobei er Lisa ansah, die sich nun hingesetzt hatte.

Lisa antwortete: »Diese Handtasche ist von einer älteren Dame am Flugplatz in Hangelar gefunden und eben von einer Streifenwagenbesatzung dort abgeholt worden.

Zunächst dachten die uniformierten Kollegen, es handele sich um eine verlorene Handtasche bei einer gestrigen Feier, jedoch machte es sie stutzig, dass ein Handy und ein Notizblock, jedoch keine Geldbörse darin war. Ein technisch versierter Kollege, hier im Präsidium, brachte das Handy trotz fehlendem PIN-Codes ans Laufen. Die Kollegen stellten fest, dass in den letzten vierundzwanzig Stunden, mehrfach von einer Festnetznummer aus versucht wurde, auf diesem Handy jemanden zu erreichen. Ein Anruf von einer diensttuenden Kollegin aus der Wache an diese Festnetznummer ergab, dass es sich um das Handy von Patricia Martini aus Altenkirchen handelt. Eine Frau Vanessa Kreuter meldete sich unter dieser Festnetznummer. Patricia Martini sei von ihrer Freundin Vanessa eingeladen worden und über Pfingsten Gast bei ihr. Frau Martini, gebürtige Schmitz, sei in der Nachbarschaft von Vanessa Kreuter geboren und aufgewachsen. Sie hatten ihre Kindheit als gute Freundinnen gemeinsam in der Gerastraße in Hangelar verbracht, bis Patricia mit ihren Eltern nach Altenkirchen gezogen sei. Frau Kreuter hatte der Kollegin am Telefon gesagt, dass sie ihre Freundin bereits vermisse, da sie sich nicht bei ihr gemeldet hätte. Bei einer gemeinsam besuchten Feierlichkeit am gestrigen Samstag, sei sie plötzlich nicht mehr da gewesen. Zunächst dachte sie, sie hätte alte Bekannte getroffen und sei mit ihnen woanders feiern gegangen, doch auf Telefonanrufe hätte sie seitdem nicht reagiert. Frau Kreuter würde nun aus Sorge gerne eine Vermisstenanzeige aufgeben. Auf Bitten der Kollegin aus der Wache ist Frau Kreuter nun auf dem Weg hier ins Präsidium und wird gleich hier eintreffen«.

»Hierher? « Robert schaute mit aufgerissenen Augen, wobei ihn der starke Lichteinfall schmerzte und er sie augenblicklich wieder zu schließen beschloss. Zu Thekla schauend fragte er, »Aber wieso? Normalerweise fahren wir doch immer zuerst zum Tatort bevor wir Zeugen hierher bestellen«.

»Wir sind jetzt die Vermisstenstelle« antwortete Thekla ruhig. »Bei Vermisstenfällen gibt es selten einen Tatort«, fügte sie hinzu.

*

Wibke Lang lag auf der Couch ihres mit Eichenmöbeln eingerichteten Wohnzimmers. Es ging ihr gar nicht gut. Sie hatte starken Schwindel, Herzrasen und kalten Schweiß am Körper. Zudem fühlte sie ein unbekanntes inneres Schütteln. Bronco lag bei ihr. Er hatte sich in die Ritze zwischen Wibkes rechter Seite und der Rückenlehne gelegt. Seine Pfoten lagen nebeneinander auf ihrem Bauch und sein Kopf auf den Pfoten. Er ließ sie nicht aus den Augen. Er spürte, dass es ihr nicht gut ging und es schien so, als hätte er Sorge, dass sie ihn nicht auch alleine lassen würde, wie sein vorheriges Herrchen. Dort hatte er sechs wundervolle Jahre, bis sein Herrchen den Schlaganfall bekam. Er lebte seitdem in einem Pflegeheim und Bronco kam ins Tierheim. Wibke drehte ihren Kopf zur Seite und schaute ihre fünfundvierzig jährige Tochter an, die sorgenvoll neben ihrer Mutter saß, nachdem sie sie telefonisch um Hilfe bat. Die Tochter hatte den Ernst der Lage schnell erkannt und sofort einen Notarzt gerufen. Wibke rollten Tränen links und rechts

über die Wangen. Obwohl sie nun einundachtzig Jahre alt
war, wollte sie noch nicht sterben. Ihr tägliches Leben lief
in gleichmäßigen geordneten Strukturen und jetzt wo
Bronco da war, konnte sie diese Seele doch nicht alleine
lassen. Sie schaute über ihren Oberkörper, wo Bronco die
ganze Zeit regungslos lag. Als Bronco ihren Blick sah
wedelte er mit seinem kleinen Schwänzchen wild hin und
her, hob seinen Kopf etwas an und legte ihn zunächst auf
die linke und dann auf die rechte Seite. Voller Liebe
streichelte Wibke mit ihrer Hand über den Rücken ihres
kleinen Freundes.

»Es wird ihr gleich besser gehen, meinte der Notarzt
zu Wibkes Tochter. Ich habe ihr eine Infusion mit einer
Kochsalzlösung, Vitamine sowie ein blutdrucksteigerndes
Mittel gegeben. Nachdem was Sie mir erzählt haben, was
im Vorfeld passiert war, vermute ich, dass ihr Kreislauf
runtergefahren war und infolgedessen ihr Herz nicht mehr
genug mit Sauerstoff versorgt wurde. Wenn die Infusion
in wenigen Minuten geleert ist, ziehe ich noch den
Zugang und bin dann weg. Es wäre schön, wenn Sie noch
eine Weile bleiben könnten und den Zustand überwachen.
Ihre Mutter wird wahrscheinlich gleich einschlafen«.

Gerade als der Notarzt vom Einsatz bei Frau Lang
losfuhr, bogen Thekla und Robert in Theklas hellgrünem
Twingo in die Richthofenstraße in Hangelar ein. Thekla
hatte beschlossen, dass ihre Kollegin Lisa Drollig im

Präsidium auf Frau Kreuter warten solle, um deren Vermisstenanzeige aufzunehmen, sowie weitere Einzelheiten zu der vermissten Freundin. Lisa solle Frau Martinis Lebensumstände und die letzten gemeinsam verbrachten Stunden zu Protokoll nehmen. Sie selbst wollte mit Robert den Fundort der Tasche in Augenschein nehmen und sich mit der Finderin über eventuelle Beobachtungen unterhalten.

Thekla stand auf der ersten von zwei Stufen vor der Haustüre, wobei Robert sich schräg rechts hinter ihr auf dem gepflasterten Weg befand. Beide hatten bereits ihre Dienstausweise in der Hand, als Thekla klingelte. Eine kurze Zeit verging, als die Haustüre von Lydia Bruns, der Tochter von Wibke Lang, geöffnet wurde. Die beiden Kriminalbeamten hoben ihre Dienstausweise ins Blickfeld von Lydia, als Thekla sich vorstellte: »Guten Tag, Thekla Sommer, Kripo Siegburg, - das hier«, Thekla drehte ihren Kopf zur rechten Seite und deutete auf ihren Lebensgefährten, »ist mein Kollege Robert Hanf. Sind Sie Frau Wibke Lang? «

Lydia war sehr erstaunt und meinte: »Das ist meine Mutter. Ich bin Lydia Bruns, - worum geht es? «

»Ihre Mutter hat heute Morgen eine Handtasche gefunden und diese unseren uniformierten Kollegen übergeben. Mittlerweile haben wir herausgefunden, dass die Besitzerin der Tasche als vermisst gilt. Nun würden wir gerne den genauen Fundort in Augenschein nehmen und nähere Angaben zur Auffindesituation erfragen«, erklärte Thekla.

»Es tut mir leid, meine Mutter schläft gerade. Sie hat vom Notarzt eine Infusion und eine Beruhigungsspritze bekommen. Der Notarzt ist gerade weg«.

Robert schaltete sich ein. »Der ist uns gerade noch begegnet«, meinte er.

»Meine Mutter hatte mir allerdings genau erklärt, wo sie die Tasche gefunden hat. Ich kann es Ihnen gerne zeigen. Bronco müsste sowieso wieder Gassi gehen«.

Thekla drehte sich zu Robert und schaute ihn fragend an. Sollte sie die alte Dame wecken lassen? Robert erkannte den zweifelnden Moment in Theklas Augen. Er nickte Frau Bruns zu und meinte: »Wenn Sie die Örtlichkeiten genau kennen, dürfte das in Ordnung sein«.

»Na klar«, meinte Lydia, »ich bin hier aufgewachsen und kenne, wie man so schön sagt, hier jeden Strauch und Stein. Wir haben dort unten am Flugplatz als Kinder viel gespielt und als Jugendliche auch erste Küsse ausgetauscht sowie heimlich die ersten Zigaretten geraucht. Ich kenne mich hier aus wie in meiner Westentasche«.

» …wie man so schön sagt«, murmelte Thekla sanft lächelnd.

Sie gingen gemeinsam zu der baumbestandenen Wiese vor dem Flugplatzgelände. Hier ließ Frau Bruns den Hund von der Leine, der sofort kläffend zu der Bank lief, unter der er die Tasche gefunden hatte. Auf dem Boden schnüffelnd, suchte er die Umgebung der Bank ab. Er schien die Hoffnung zu haben, wieder etwas zu finden.

»Hier war es«, meinte Lydia Bruns und zeigte auf Bronco und die Sitzbank »dort hat er wohl die Tasche gefunden«.

Robert setzte sich mittig auf die Bank und stützte sich mit seinen Händen links und rechts auf der Sitzfläche ab. Er lehnte sich zurück und schaute von unten in die Blätter der nahestehenden Bäume.

Er spitzte die Lippen und meinte wohlwollend: »Hier kann man sich schon eine Weile wohlfühlen«. Dabei nickte er leicht und schaute die beiden Frauen an. Er zog aus der linken Tasche seines beigefarbenen Blousons eine Marlboro Schachtel und ein Feuerzeug. Seit wenigen Tagen hatte er im Kreise seiner alten Kumpels und nach einigen Gläsern Warsteiner Pils, wieder angefangen zu rauchen. Sehr zum Leidwesen von Thekla. Sie hatte bisher diese wiedererlangte Angewohnheit toleriert, da er nicht innerhalb des Hauses „qualmte". Er ging immer hinaus auf die Terrasse des kleinen Hauses, das sie in Siegburg-Stallberg bewohnten. Als er sich nun eine Zigarette anzündete und dabei wie gewohnt, die Flamme des Feuerzeuges mit den Fingern seiner linken Hand gegen den Wind abschirmte, bemerkte er einen kleinen rötlichen Fleck an der Innenseite seiner Handfläche. Verwundert schaute er auf die linke Seite der Sitzfläche und meinte erschrocken: »Die unverschämten Jugendlichen. Die schmieren nun auch schon hier die Bänke mit Farbe voll. Er sah mehrere kleine dunkelrote Flecken auf den Latten, der verwitterten Holzbank. Robert sprang auf und wischte sich mit der rechten Hand mehrmals über seinen Po, als ob er so eventuell vorhandene Flecken entfernen könne. Die beiden Frauen kamen zu ihm und beugten sich über die Sitzfläche, um den Fleck zu sehen. Auch Bronco kam neugierig heran, sprang mit den vorderen Pfoten auf die erste Sprosse der Latten. Er schnüffelte sehr intensiv, da er wohl glaubte, es sei etwas Interessantes auf der Bank. Vielleicht etwas Essbares?

»Das scheint Blut zu sein«, sagte Thekla.

»Blut«? Erschrocken und angewidert schaute Robert wieder auf seine linke Hand und dann erneut auf die Bank.

»Ja«, meinte Thekla, »bereits angetrocknetes Blut. Schau hier, an den Rändern der beiden Flecken ist es getrocknet und dunkelrot aber zur Mitte hin ist es noch etwas feucht und heller«. Sie griff in ihre rechte Hosentasche und holte ihr Smartphone heraus. Mit den Worten: »Hier muss die Spurensicherung her«, wählte sie die eingespeicherte Nummer.

Als Bronco bemerkte, dass es sich nicht um Futter, sondern nur um etwas für ihn nicht Wichtiges handelte, legte er sich vor Lydia Bruns ins Gras.

*

Als die Türe in ihrem Büro geöffnet wurde, stand Lisa auf und streckte ihren rechten Arm mit weit geöffneter Hand der Frau entgegen, die gerade den Raum betrat.

»Guten Tag, Lisa Drollig, Sie müssen Frau Kreuter sein« begrüßte sie Lisa, die nun ebenfalls ihre Hand zur Begrüßung reichte.

»Ja, richtig, aber woher wissen Sie … «?

Lisa lachte, »Die Kollegen aus der Wache, in der Sie sich angemeldet hatten, haben mir Bescheid gesagt«.

»Ach ja, natürlich«, meinte Vanessa Kreuter. Nun lachten Beide

»Eine sehr nette und sympathische Erscheinung« dachte Lisa und hoffte, dass Frau Kreuter ihre nonverbale Reaktion nicht zu deuten wusste. War es doch so, dass Lisa bisexuell veranlagt war und lesbische, wie auch bisexuelle Frauen, die Fähigkeit besaßen, aus Mimik und Körperhaltung anderer, ein gewisses Interesse an der eigenen Person herauszulesen.

»Bitte, nehmen Sie doch Platz«, Lisa deutete auf den Stuhl, der im rechten Winkel zu ihr, an ihrem Schreibtisch stand.

»Vielen Dank« meinte Frau Kreuter lächelnd und setzte sich, wobei sie jedoch dem Blick von Lisa nicht auswich, sondern ihr tief in die Augen schaute.

»Oh, - wie wird mir denn jetzt«, dachte Lisa, als sie merkte, wie ihr eine leichte Hitze in den Kopf stieg. »Hoffentlich erröte ich jetzt nicht, nur weil ich sie ziemlich attraktiv finde«. Sie nahm ihre Gedanken jedoch zurück und wurde augenblicklich sachlich dienstlich.

»Zunächst einmal recht herzlichen Dank, dass Sie hierhergekommen sind«…

Frau Kreuter unterbrach Lisa und meinte: »Das ist schon in Ordnung, ich musste sowieso hier nach Siegburg«.

»Gut«, fing Lisa mit der Befragung an, »wir haben also in einer aufgefundenen Tasche ein Handy gefunden, auf dem von ihrer Festnetznummer aus mehrfach versucht wurde, diese Handynummer anzurufen. Wie wir wissen, gehört das Handy einer Frau Patrizia Martini. Dies geht aus den Aufzeichnungen im beiliegenden Notizblock hervor«.

Heftig nickend meinte Frau Kreuter: »Ja, das ist richtig, ich habe mir große Sorgen gemacht und immer wieder versucht, Patrizia zu erreichen«.

»Warum haben Sie sich Sorgen gemacht«?

Die Worte schienen sich zu überschlagen. »Nun ja, Patrizia hat sich nicht gemeldet. Ich habe sie das letzte Mal am gestrigen Abend bei der Musikveranstaltung im hiesigen Veranstaltungszentrum gesehen. Wir waren gemeinsam dort, um fröhlich zu feiern. Sie müssen wissen, - im Raum Altenkirchen kann man nicht so ausgelassen feiern, wie hier im kölschen Einzugsgebiet.

Aus diesem Grund wollte Patrizia einige Tage bei mir
übernachten und feiern. Sie meinte, wenn ihr Mann aus
dem Gefängnis entlassen würde, käme sie sowieso nicht
mehr dazu, ausgelassen und fröhlich ihr „kölsches
Temperament" auszuleben. Ihr Mann ist Italiener und
ziemlich eifersüchtig, obwohl er gar keinen Anlass dazu
hat, meinte Patrizia zu mir«.

»Im Gefängnis«? fragte Lisa erstaunt.

Wieder nickte Frau Kreuter heftig und meinte: »Ja, ja,
er soll morgen entlassen werden. Deshalb kann ich mir
gar nicht erklären, weshalb Patrizia sich nicht meldet. Ich
hoffe nicht, dass ihr etwas zugestoßen ist. Sie sagten, die
Tasche wäre am Flugplatz Hangelar gefunden worden«?

Diesmal nickte Lisa, als sie die Frage stellte: »Gibt es
irgendwelche Verbindungen zwischen Ihrer Freundin und
dem Flughafen? Irgendwelche alten Gewohnheiten aus
Ihrer gemeinsamen Jugend oder Erinnerungen, die Ihre
Freundin dorthin geführt haben könnten«?

Frau Kreuter presste die Lippen aufeinander, schaute
Lisa mit fragendem Blick an und meinte kopfschüttelnd:
»Nichts, was mir auf Anhieb einfallen würde. Mmh, doch,
warten Sie, - Patrizia hat mal am Telefon darüber
gesprochen, dass in ihrer Nachbarschaft jetzt irgendein
Geschäftsmann wohnen würde, der am Flugplatz in

Hangelar eine eigene Cessna stehen haben würde, mit der er manchmal zu seinen Terminen innerhalb Deutschlands fliegen würde«.

»Wie heißt der Mann«? fragte Lisa interessiert.

Frau Kreuter zuckte mit den Achseln und gab uninteressiert zur Antwort: »Keine Ahnung«.

»Okay, - was anderes, - wann und wo haben Sie denn Ihre Freundin das letzte Mal gesehen«?

»Das letzte Mal habe ich sie hier nach der Veranstaltung gesehen. Es wurde noch im Saal nebenan bei Livemusik getanzt. Ich erinnere mich noch an den Mann mit dem sie die ganze Zeit auf der Tanzfläche war. Er hatte glänzende gelbe Lackschuhe an«.

»Gelbe Lackschuhe«?

»Ja, sehr gepflegte gelbe Lackschuhe. Das ulkige war, der Schlagzeuger der Band hatte die gleichen Schuhe an. Ob die Beiden irgendwie in Zusammenhang standen? Das weiß ich nicht. Jedenfalls, als ich nach einer Weile wieder nach Patrizia geschaut habe, war sie nicht mehr zu sehen. Der Typ mit dem sie getanzt hatte auch nicht. Ich dachte noch, sie würden wahrscheinlich woanders hingegangen sein, um weiter zu feiern«.

»Und danach, - was haben Sie dann gemacht«?

»Ich bin noch etwa eine halbe Stunde geblieben und anschließend mit einem Taxi Heim gefahren. Zu Hause habe ich auf Patrizia gewartet«.

»Und sie hat sich nicht mehr gemeldet«?

Frau Kreuter schüttelte ohne Worte den Kopf, den sie senkte, als Tränen über ihre Wangen liefen.

*

Der Schnelltest der Spurensicherung hatte noch vor Ort ergeben, dass es sich bei den roten Flecken auf der Bank tatsächlich um Blut handelte. Genauere Analysen jedoch mussten im Labor erfolgen. Thekla ordnete an, dass das Gelände nun sehr großflächig abgesucht werden müsse. Womöglich handelte es sich hier doch nicht nur um einen Vermisstenfall, sondern vielleicht war hier ein Kapitalverbrechen erfolgt. An der weitflächigen Suche beteiligte sich, wenn auch ungebeten, Bronco. Sein Suchtrieb war geweckt als er sah, dass die Männer in den weißen Overalls hinter jedem Baum nachschauten und sogar größere Steine umdrehten. Plötzlich wurde Bronco sehr aufmerksam, als er aus dem, sich seitlich des

Geländes befindenden alten Hangar, Geräusche hörte. Er lief kläffend auf den aus alten Wellblechplatten bestehenden Hangar zu. Als Thekla und Robert dort ankamen und die großen Tore der Halle zu öffnen versuchten, stellten sie fest, dass die Tore mit einer schweren Eisenkette gesichert waren und sich lediglich etwa vierzig Zentimeter auseinanderschieben ließen. Bronco huschte sofort durch den entstandenen Türspalt und lief kläffend in den dunklen Innenraum. Robert schaute ihm hinterher und konnte außer drei abgestellten einmotorigen Propeller Flugzeugen, nichts erkennen. Am anderen Ende der Halle öffnete sich kurz eine weitere Tür und helles Licht kam herein. Robert erkannte, wie sich eine Person durch die Tür nach außen entfernte und noch bevor Bronco die Türe erreichen konnte, diese wieder schloss.

»Da haut einer ab«, meinte er aufgeregt zu Thekla und lief links um die Halle herum. Thekla nahm die rechte Seite der Halle, um dem oder der Flüchtenden eventuell den Weg abzuschneiden. Sie hörte Robert den Leuten von der Spusi zurufen, die mögen auf eine flüchtige Person achten. Als Thekla und Robert fast zeitgleich das Ende der etwa dreißig Meter langen Halle erreicht hatten, sahen sie, wie ein Kollege der Spusi den Flüchtenden gestellt hatte und ihn gegen die Wellblechhalle drückte, um ihn zu fixieren. Robert übernahm, etwas außer Atem geraten, den Mann und legte ihm Handschellen an.

»Du solltest vielleicht etwas mehr Sport treiben«, meinte Thekla lächelnd und zwinkerte Robert zu, »schau Dir den kleinen Rauhaardackel an. Der ist immer noch fit wie ein Turnschuh«.

Robert antwortete nicht, ärgerte sich aber, dass Thekla mehr Kondition hatte als er. Theklas mehrfach wöchentlich stattfindenden Joggingrunden, die sie öfter auch um den Michaelsberg herumlief, gaben ihrer Aussage Recht.

Es stellte sich heraus, dass es sich bei dem Mann um einen Obdachlosen sechsundvierzig jährigen Mann handelte, der sich in dem alten Hangar in einer Ecke sein Lager eingerichtet hatte. Er war angeblich von den Besitzern der Flugzeuge geduldet worden. Hatten sie doch so die Gewissheit, dass ihr Eigentum auf diese Weise bewacht wurde, ohne dass sie dafür einen Wachdienst bezahlen mussten. Bei der Überprüfung des Mannes fand Robert eine Geldbörse, die die Kommissare beim Öffnen nicht schlecht staunen ließ. Darin enthalten war ein Bild einer blonden Frau, die ein etwa fünfzehnjähriges Mädchen umarmt hielt. Weiterhin fand Robert ein Monatsticket des Regionalverbandes Altenkirchen. Im Geldfach war nichts, jedoch im Münzbereich waren ein Euro und dreißig Cent, sowie eine Gedenkmünze aus Monaco.

»Woher ist das Portemonnaie«? fragte Thekla.

Der Mann schaute zu Boden.

»Das habe ich gefunden«, gab er an.

»Wo«? Robert drückte, die auf dem Rücken des Mannes fixierten Hände nach oben, was einen leichten Schmerz in dessen Oberarmen verursachte.

»Aua, - Du tust mir weh. Ich habe gestern Abend gesehen, als ich hier zu meinem Unterschlupf kam, wie dahinten, er deutete mit dem Kopf in Richtung Richthofenstraße, ein großer Pkw davonfuhr und aus dem Fenster dieses Portemonnaie schmiss. Ich bin dahingegangen und habe es eingesteckt.

»War kein Personalausweis oder Geld darin«? wollte Thekla wissen,

»Kein Perso, nur ein paar Geldscheine«.

»Haste schon versoffen, wa«? meinte Robert etwas abfällig, da der Mann nicht nur nach Urin, sondern auch nach sehr viel Alkohol roch.

»Also hören Sie mal«, gab der Obdachlose nun resolut als Antwort, »ich bin vielleicht obdachlos und habe keine Möglichkeit mich täglich zu duschen oder meine

Klamotten fein in einer Waschmaschine zu säubern und fein duftend zu trocknen, vielleicht trinke ich auch mehr Alkohol als der Durchschnittsbürger, - aber ich habe immer noch eine menschliche Würde und möchte auch mit solcher behandelt werden. Auch von Ihnen«.

Thekla atmete tief durch. Dann nickte sie Robert zu und meinte beruhigend zu dem Festgenommenen: »Mein Kollege hat sich da wohl etwas im Ton vergriffen und meinte es auch gar nicht so …«.

»Doch, - genauso meinte er es. Für Euch bin ich doch nur Abschaum. Immer habt ihr uns Nichtsesshaften auf dem Kicker und immer, wenn in irgendeinen Kiosk eingebrochen wird und Schnaps und Zigaretten fehlen, sind wir die ersten, die durchsucht werden«.

»Na ja, - so ist es nun auch nicht«, verteidigte Thekla nun die Ehre der Polizei. »Also, wo sind die Geldscheine«?

»In meinem rechten Schuh in den Socken«

»Schau mal nach«, forderte Thekla Robert auf, der naserümpfend tatsächlich einige zusammengefaltete Scheine, eingeklemmt zwischen Schuh und Knöchel, aus dem Socken herausholte.

»Fünfundsechzig Euro«, meinte er, nachdem er die Scheine mit seinen ausgestreckten Armen gezählt hatte. Er befürchtete, die Scheine würden genauso nach Schweiß riechen, wie der Mann.

»War das alles»? fragte Thekla.

Wieder schaute der Mann zu Boden. »Also, - zwei Flaschen Bier und eine Flasche Asbach habe ich mir schon davon gegönnt. Hatte fünfzehn Euro gekostet«.

»Sind Sie sicher, dass das Portemonnaie aus dem abfahrenden Auto und nicht aus einer Handtasche stammt, die dort hinten an einer Bank gefunden wurde»?

Der Mann nickte und schaute Thekla fest in die Augen.

»Kommen Sie«, meinte Thekla und führte den Mann über die Wiese, weg vom Hangar in Richtung ihres Dienstwagens, »zur Überprüfung Ihrer Identität und zur erkennungsdienstlichen Behandlung sind Sie vorläufig festgenommen«.

»Wie, festgenommen«? meinte der Obdachlose nun sehr verärgert, »was werfen Sie mir denn vor? Unterschlagung einer Fundsache? Und dafür nehmen Sie mich jetzt fest«?

»Du kennst Dich aber sehr gut in der Definition aus«. meinte Robert, der den Mann über die Wiese führte, »wurde Dir wohl schon mal vorgeworfen«?

Ein lautes »Pfff…« war das Einzige, was der Mann antwortete.

*

Eigentlich hatte sich David Sommer am heutigen Pfingstsonntag mit seinen Freunden verabredet. Die Unstimmigkeiten mit seiner Freundin Jana Kaminski ha ihm jedoch mächtig die Laune auf Feiern verdorben. Nun war er mit seiner Vespa auf dem Weg von Siegburg Kaldauen, wo er im gemieteten Haus seines Vaters mit diesem zusammenwohnt, auf dem Weg zu seinem Opa nach Bornheim-Roisdorf. Sein Opa, ein ehemaliger Kriminalhauptkommissar und Leiter der Bonner Mordkommission, genoss seinen Ruhestand mit seiner Frau Franziska und hatte stets einen guten Rat für ihn aus seiner langen Lebenserfahrung. David wollte sich auch dieses Mal einen Rat für die verfahrene Situation mit seiner Freundin holen. Schließlich hatte er sogar schon überlegt, ob er sich von Jana trennen sollte. Sie waren seit etwa drei Jahren zusammen, gingen in die gleiche Klasse des Siegburger Gymnasiums, harmonierten einzigartig gut in ihrem Sexualleben und sahen sich fast täglich. Der Plan seines Vaters, ein gemeinsames größeres Haus mit dessen

Lebensgefährtin Doris zu mieten, sodass dort alle zusammenleben konnten, passte David gar nicht. Doris war nämlich die Mutter von Jana. Somit wären er und Jana unter ständiger Kontrolle der Eltern. Lieber wollte er mit Jana eine eigene Wohnung beziehen, um auf eigenen Beinen zu stehen. Dies hätte seiner Meinung nach nur Vorteile, wohingegen Jana erst einmal, das in diesem Jahr bevorstehende Abitur bestehen und anschließend ein Studium absolvieren wollte. Jana, die „Vernünftige" von beiden, hatte David vorgerechnet, was ein eigener Haushalt kosten würde.

»Wie sollen wir das finanzieren«? hatte sie ihn gefragt. Daraufhin war er trotzig aus dem Haus gelaufen und nun auf dem Weg zu dem Vater seiner Mutter. Bei ihr war er ausgezogen, weil er glaubte, bei seinem Vater mehr „Freiheiten" zu haben als bei einer Kommissarin, die immer nur „Recht und Ordnung" im Blick hatte, sowie stets ein soziales Vorbild sein wollte.

»Wie, - wer kommt denn da«? fragte Peter Sommer, als er die Haustüre öffnete und seinen Enkel vor der Türe stehen sah. »Bist Du alleine, - wo ist Jana«? Er streckte den Kopf aus der geöffneten Türe nach außen und schaute nach links und rechts. Peter hatte Jana vom ersten Moment des Kennenlernens an in sein Herz geschlossen. Er hatte damals bereits erkannt, wie gut dieses Mädchen dem Jungen tat, der erst kurz vorher bei seiner Mutter ausgezogen war, um sein Leben bei seinem Vater zu verbringen. Peter legte den Arm um die Schulter seines Enkels und ging mit ihm gemeinsam ins Wohnzimmer, wo Franziska mit angewinkelten Knien auf dem Sofa saß und sich gemütlich ein PRIME Video anschaute. Als sie die Beiden ins Wohnzimmer kommen sah, stand sie auf, umarmte David zur Begrüßung und schickte die Beiden auf die Terrasse, auf der Peter immer zum Rauchen saß. In der Küche bereitete sie zwei große Tassen Kakao zu, die Peter so gerne trank, und brachte sie zu den im Gespräch vertieften Männern. David wäre zwar ein alkoholfreier Cocktail oder zumindest eine kalte Coke lieber gewesen, aber er bedankte sich mit einem gezwungenen Lächeln.

»Ist ein Kakao okay für Dich«? fragte Peter Sommer, als seine Frau wieder im Wohnzimmer war.

»Oh ja – wunderbar, vielen Dank« flunkerte er seinen Opa an, wobei er ziemlich breit grinste.

David erzählte nun, warum er zu ihm gekommen war und schilderte die gesamte, für ihn verfahrene Situation. Ebenso meinte er, Jana hätte sich in den letzten Wochen, seitdem sie von dem Zusammenziehen der Eltern erfahren hatte, sehr verändert. Ihre Gedanken würden nur noch um das Zusammenleben und die Einschränkungen in dem gemeinsamen Haus kreisen.

»Es ist so schlimm geworden«, meinte er niedergeschlagen und mit gesengtem Blick, »dass ich sogar darüber nachgedacht habe, mich zu trennen und mir ein eigenes WG-Zimmer zu suchen«.

Peter Sommer setzte die Tasse aus der er gerade getrunken hatte etwa mittig auf den Tisch, verschränkte die Arme vor sich und lehnte sich nach vorne, wobei er sich nun auf dem Tisch abstützte und mit dem Oberkörper näher zu David kam.

»Weißt Du mein Junge, dazu möchte ich Dir folgendes sagen. Die Gedanken Deiner Freundin sind nicht die schlechtesten. Überlege mal, wieviel Geld man für einen Hausstand braucht, wenn man zu zweit oder alleine, eigenständig wohnen möchte. Selbst Deine Mutter hat bei uns gewohnt, bis sie die Polizeischule beendet hatte und im Polizeidienst ihr erstes volles Geld verdiente. Wir haben damals sehr gut verstanden, dass auch sie endlich auf eigenen Beinen stehen wollte und ohne, wie sie meinte, „ständiger Beobachtung" zu sein. Dennoch hat sie es als angenehm empfunden, nicht neben der anstrengenden Ausbildung auch noch kochen, waschen und überhaupt, sich um den Haushalt kümmern zu müssen. Nehmt doch die Annehmlichkeiten noch mit und seid dankbar, dass sich Euch die Möglichkeit bietet«.

David gibt sehr viel auf die Meinung und Erklärung seines Opas. Er nickte und meinte: »Wenn Du das auch so siehst werde ich wohl noch einmal ernsthaft die Sache überdenken und dann mit Jana bereden«.

Peter legte seine rechte Hand auf Davids Arm. »Tu das mein Junge«.

»Da ist aber noch was«, flüsterte David, damit Franziska es nicht durch die geöffnete Balkontüre hören konnte.

Peter beugte sich wieder nach vorne.

»Wir machen doch dieses Jahr unser Abitur und ich möchte dann auch endlich mit den anderen mithalten können«.

Peter kniff die Augen zu Schlitzen zusammen und zog die Stirn in Falten.

»Mithalten«? fragte er »ich meine Du hättest so gute Noten«?

David schmunzelte, als er sagte: »Nein, das meine ich nicht. Jana und ich haben uns bei einem Händler für gebrauchte Autos in Kaldauen einen Wagen zurückstellen lassen. Den hätten wir gerne. Das Geld dafür hat Jana auf ihrem Sparkonto. Nun geht es darum, dass ich gerne mit dem Führerscheinunterricht beginnen würde, was allerdings in der heutigen Zeit sehr teuer ist«. David senkte den Kopf, bis sein Kinn fast auf seiner Brust war. Dann meinte er kleinlaut: »Ich wollte Dich mal fragen, ob Du vielleicht …«?

Peter schmunzelte, erhob sich und legte seine Hand nun von hinten auf die Schulter seines vor ihm sitzenden Enkels.

»Warte mal«, sagte er und ging ins Wohnzimmer.

David sah durch die Scheibe und beobachtete, wie sich sein Opa neben Franziska setzte. Sie flüsterten etwas miteinander und Franziska unterstützte wohl ihre Äußerung mit mehrmaligem Kopfnicken. Als der Großvater dann wieder auf den Balkon trat, hatte er einen weißen Briefumschlag in der Hand.

»Schau mal«, meinte er in ruhigem Ton, »hier sind siebenhundert Euro. Das ist unser«, er schaute durchs Wohnzimmerfenster in Richtung seiner Frau, »Beitrag zu Deinem Führerschein und ein Vorschuss zu Deinem Abi, Es dürfte für die Führerscheinanmeldung und die ersten Fahrstunden reichen«.

David stand auf und umarmte seinen Opa stürmisch, dass beide fast in den Balkonsessel fielen, der hinter Peter Sommer stand.

»Vielen, vielen Dank Opa, aber so viel hätte es doch gar nicht sein müssen«.

Der glückliche Großvater streichelte seinem großen Enkel über den Kopf.

»Ist schon gut mein Junge«.

*

Auf der Fahrt nach Hause dachte David über das liebevolle Geldgeschenk nach und darüber, was für ein Glück er doch hatte, eine solche Familie zu haben. Trotz so mancher Uneinigkeit stand man doch zusammen und half einander, weil man es sich finanziell erlauben konnte. Es gab aber auch, und darüber dachte er intensiv nach, einige Familien, die es sich nicht erlauben konnten, Geld auf die Seite zu legen und für sich oder die Kinder zu sparen. Die seit knapp eineinhalb Jahren andauernde und fortschreitende Inflation hatte schon lange bereits die untere Mittelschicht der Bevölkerung erreicht. Davids Gedanken schwirrten weiter. Er musste lachen, als er an die soeben von seinem Großvater gemachte, gut gemeinte Lebensweisheit dachte.

»Apropos Führerschein«, hatte er gesagt, »um ein Auto sicher durch den Straßenverkehr manövrieren zu können, bedarf es einiges an angelernter Fahrpraxis. Der Führerschein ist lediglich eine Prüfung, die man ablegt und die aussagt, dass man geprüft ist ein Auto zu fahren, sowie dass man die grundlegenden Vorschriften im Straßenverkehr gelernt hat. Er sagt nichts darüber aus, wie sicher man ein Fahrzeug fortbewegt. Man kann da durchaus Vergleiche zu einer Lebenspartnerschaft ziehen. Egal ob nun Ehe oder „Partnerschaft ohne Trauschein", die Fähigkeit zur Führung einer Beziehung und dem Vertrauen zueinander, muss genauso durch ständiges Üben erschaffen werden, wie das sichere Bewegen eines Autos im Straßenverkehr, bei sich täglich ändernden Herausforderungen«.

*

Zu der abendlich stattfindenden Besprechungsrunde, die Thekla eingeführt hatte, seitdem sie die Dienstgruppe II der Mordkommission leitete, hatten sich auch Robert Hanf, Lisa Drollig und Sybille Salz, im Besprechungsraum des Polizeipräsidiums Siegburg eingefunden. Der langjährige Kollege des Teams, Peter Ludwig, war bereits seit einigen Wochen krankgeschrieben. Mit der nicht angenehmen Diagnose „Herzmuskelentzündung" war er im Garten seines Hauses, plötzlich und unerwartet, zusammengebrochen.

Nach Aussage der Ärzte im Krankenhaus, sei mit einer Besserung der Gesundheit in der Regel nach sechs bis acht Wochen zu rechnen. Wie genau er sich die Entzündung zugezogen haben könnte, konnten sich weder die Ärzte noch er selbst erklären. Er hatte sich doch gegen alle Arten bakterieller Infekte impfen lassen.

»Moment bitte, ich muss mir noch einen neuen Kugelschreiber holen. Dieser schreibt nicht mehr richtig«, mit diesen Worten stand Sybille Salz, die bereits an dem ovalen Besprechungstisch saß, wieder auf und eilte aus dem Raum. Sybille, einst selbst aktive Kollegin im operativen Außendienst des Teams, war nach einem Arbeitsunfall in den Innendienst gewechselt. Sie unterstützte das Team nun als „gute Seele" durch Internetrecherche zu den einzelnen Fällen und durch administrative Aufgaben, wie zum Beispiel des täglichen Protokollierens der Besprechungen. Nach kurzer Zeit kehrte sie in den Raum zurück und nahm mit einem »Entschuldigung« wieder auf ihrem Stuhl Platz. Nachdem die Informationen umfassend ausgetauscht wurden und Sybille die Eckpunkte mitgeschrieben hatte, fragte sie:

»Gelbe Schuhe? Habe ich das richtig verstanden? Gelbe Schuhe«?

»Ja, ja, es soll sich um glänzende Lackschuhe gehandelt haben. Frau Kreuter gab an, es waren, -

Moment, ich schaue nochmal nach«, Lisa Drollig schaute auf den Zettel, auf dem sie sich die Notizen gemacht hatte, »gelbe glänzende Lackschuhe. Keine Stiefeletten, sondern Halbschuhe«

»Das ist ein Ansatzpunkt, dem wir nachgehen sollten«, meinte Thekla. »Lisa, - kannst Du Dich morgen früh darum kümmern. Frag bei dem Veranstalter der Feier nach, welche Band dort im Hintergrund gespielt hatte und suche den Schlagzeuger auf. Vielleicht sind ihm die gleichen Schuhe bei den Leuten auf der Tanzfläche ebenfalls aufgefallen und er kann Angaben zu dem Träger der Schuhe machen«?

»Oder ein weiteres Bandmitglied hat ebenfalls solche Schuhe? Oder es ist ein Markenzeichen der Band«? meinte Robert mal wieder übereifrig.

Lisa schaute Robert mit großen Augen von der Seite her an. Sie sagte nichts, auch nicht als Robert den verwunderten Blick nicht deuten konnte und Thekla fragend anschaute. Auch Thekla sagte zunächst nichts, erwiderte lediglich Roberts Blick. Robert wurde verlegen. Hatte er mal wieder etwas Unpassendes gesagt?

»Was«? fragte er so, als sei ein Lausbube dabei erwischt worden, wie er am Pudding für den Sonntagsnachtisch heimlich nascht.

»Lisa ist nun seit einigen Jahren im Polizeidienst und lange genug in unserer Mordkommission. Sie weiß doch bestimmt ganz genau, wie sie Befragungen durchzuführen hat«

Robert duckte sich ein wenig aus seiner majestätischen Haltung, in die er manchmal verfiel und zog den Kopf etwas ein, als er Lisa anschaute und die Äußerung Theklas mit einem kurzen »Na klar« bestätigte.

»Robert, Du wirst morgen zum Wohnort von Frau Martini nach Birkenbeul fahren. Das ist ein kleiner Vorort von Altenkirchen. Recherchiere das engere nachbarschaftliche Umfeld und den Leumund, den sie in dem Ort hatte und eventuelle Reisepläne. Vielleicht hatte sie ja in der Nachbarschaft hierzu etwas erzählt«.

»Können wir das nicht zusammen machen«? fragte Robert, der lieber in der Gesellschaft seiner Liebsten ermittelte, anstatt sich alleine mit Fremden auseinanderzusetzen. Thekla hatte doch immer die richtige Spürnase und konnte so geschickt nachfragen.

Thekla schüttelte den Kopf.

»Ich fahre morgen als erstes zur JVA hier nach Siegburg. Wie Frau Kreuter erzählte, soll dort der Mann von der Vermissten einsitzen und morgen entlassen werden. Ich möchte ihm gerne selber die Nachricht von seiner verschwundenen Frau überbringen und ihn befragen, ob er eventuelle Hinweise zu einem möglichen Ort mitteilen kann, an dem sich seine Frau aufhalten könnte. Also«, Thekla stand auf und sagte weiter, »wir treffen uns morgen früh um acht Uhr wieder hier. Vielleicht sind bis dahin neue Erkenntnisse in irgendeiner Form hier eingegangen«.

Das Telefon im Besprechungsraum klingelte. Da sich Sybille am nächsten zu dem Apparat befand, nahm sie ab.

»Ja bitte, Sybille Salz«, meldete sie sich, bevor sie den Hörer nach einigen Sekunden an Thekla weiterreichte mit den Worten, »die KTU wegen der untersuchten Blutspuren«.

Thekla nahm den Hörer entgegen, hörte einige Minuten zu und meinte dann, »vielen Dank für die Info«, bevor sie auflegte.

»Die DNA-Analyse hat ergeben, dass es sich um männliches Blut handelt. Eine bereits erfolgte Abfrage in der bundesweiten Datenbank hat keinen Treffer gebracht« sagte sie zu den, nun bereits stehenden Kollegen, die zum Gehen bereit waren.

»Wäre ja auch zu schön gewesen, wenn wir bereits einen handfesten Hinweis hätten«, meinte Robert, »aber nein, wir müssen mal wieder klein anfangen«. Er hatte sich so sehr auf die Männertour mit seinen alten Kumpels aus der früheren Clique gefreut, die sie alle für den morgigen Pfingstmontag geplant hatten. Aber nein, - musste ihm doch so eine nichtauffindbare Tussi in die Quere kommen. Robert war stinkesauer.

*

Es waren bereits sieben Uhr fünfzig, als Thekla splitterfasernackt am Fußende des Ehebettes stand, in dem Robert noch immer selig schlummerte. Sie war gerade aus der Dusche gekommen und zog nun ihrem Lebenspartner die Decke weg, bevor sie aus dem Kleiderschrank frische Unterwäsche sowie eine Jeans, T-Shirt und einen leichten Pullover holte.

Robert blinzelte verschlafen und wollte die Decke wieder über seinen Körper ziehen, als er seine Liebste nackt am Fußende stehen sah.

»Oh Liebste«, säuselte er noch schlaftrunken, »komm unter die Decke. Ich wäre bereit für ein Tete-a-Tete«.

»Wenn Du Dich jetzt nicht beeilst und unter die Dusche gehst, frühstücke ich alleine«, gab Thekla zur

Antwort. »Wir müssen in fünfundvierzig Minuten los. Um Neun Uhr habe ich das Treffen im Präsidium anberaumt«. Sie zog sich rasch an und verschwand aus dem Schlafzimmer, um die Treppe ins Erdgeschoß runter zu gehen und die Kaffeemaschine zu befüllen.

Als die beiden dann um fünf vor neun in das Parkhaus des Polizeipräsidiums an der Frankfurter Straße fuhren, meinte Robert zerknirscht: »Für ein kurzes Beisammensein hätte es aber schon noch gereicht«.

Thekla schüttelte den Kopf und verdrehte die Augen. »Du immer mit deinen Quickies. Auf Dauer ist das nicht schön für mich«. Sie schmunzelte still vor sich her, weil sie wusste, dass er auch anders konnte, wenn er nur wollte.

Nachdem sich die Lage hinsichtlich des Vermisstenfalles nicht geändert zu haben schien, fuhren alle zu den am Vorabend angeordneten Ermittlungen. Während Robert den weitesten Weg nach Altenkirchen hatte, blieb Lisa in Siegburg und fuhr zu dem Festsaal der vorgestrigen Veranstaltung. Thekla hatte es nicht weit zur JVA. Sie fuhr an der Siegburger Feuerwache vorbei, am folgenden Kreisverkehr immer geradeaus über die Wellenstraße, bis sie nach links in die Weierstraße am Autohaus Bückling, abbog. Hier fuhr sie bis zur Kaiserstraße und bog nach rechts ab. Nach wenigen hundert Metern änderte sich der Straßenname in Luisenstraße. Thekla kannte die Hausnummer neunzig sehr gut. War sie doch schon etliche Male beruflich dort in der JVA, die bereits 1886 als königlich preußische Strafanstalt errichtet wurde. Als sie den Streifenwagen mit Blaulicht kurz vor dem Gefängnistor stehen sah, erschrak sie. Hatte dort etwa ein Ausbruchsversuch stattgefunden? Sie hielt neben den Kollegen in Uniform an, zeigte kurz ihren Dienstausweis durch das heruntergekurbelte rechte Seitenfenster und erkundigte sich nach dem Sachverhalt.

»Hier ereignete sich ein Unfall mit Fahrerflucht«, meinte einer der netten Kollegen. »Möglicherweise mit einem Verletzten, denn hier ist eine große Blutlache«, der Mann zeigte auf den Boden. Interessiert stieg Thekla aus.

»Bremsspuren und ein Blutfleck«, stellte sie fest. »Keine weiteren Spuren wie Glas- oder Lackreste? Keine Stofffetzen oder Anderes«? fragte Thekla die Beamten.

Diese schüttelten den Kopf. »Nichts, außer der sauber abgebildeten Bremsspur und dem Blut«, antworteten sie.

»Ist irgendwer heute Nacht wegen einer stark blutenden Unfallverletzung ins Krankenhaus eingeliefert worden«? fragte Thekla nach.

Ein Kollege der Streifenwagenbesatzung rief die Krankenhäuser in Siegburg und Troisdorf an. Dann schüttelte er den Kopf und drehte sich zu Thekla um. »Kein Unfall heute Nacht«.

Thekla überlegte nicht lange. Sie ordnete an, dass die Spurensicherung herkommen müsse. »Vielleicht ist hier ein Mensch ums Leben gekommen und es handelt sich womöglich um einen Tatort«, meinte sie. Thekla sah, wie der andere Kollege aus dem Streifenwagen, den etwa neunzig Meter langen Weg entlangging, der von der JVA zur Luisenstraße führte. Dabei hielt er sein Kinn nach vorne gegen die Brust gelehnt und suchte beide Seiten der dort befindlichen Fußgängerwege gründlich ab. Plötzlich sah Thekla einen Mann, der etwa in der Mitte der Strecke zwischen dem Streifenwagen und dem JVA-Tor stand und zu ihnen herüberschaute. Sie ging auf ihn zu und fragte, ob er etwas gesehen hätte und eine Aussage machen könne.

»Ich warte hier nur auf meine Frau, die mich abholen wollte«, meinte er. »Der Blutfleck war schon da, als ich hier rauskam«.

»Hier raus«? fragte Thekla verblüfft und zeigte auf das Gefängnistor.

»Ja«, meinte er, »ich bin heute nach meiner sechsjährigen Haftverbüßung entlassen worden. Meine Frau wollte mich abholen und ich habe Angst, dass dieser Blutfleck etwas damit zu tun haben könnte, weil sie noch nicht da ist«. Hilflos schaute der Mann Thekla an.

»Entschuldigung«, meinte Thekla und reichte dem Mann ihren ausgestreckten rechten Arm mit der zur Begrüßung geöffneten Hand, »mein Name ist Thekla Sommer, Mordkommission Siegburg. Wie ist Ihr Name«?

Der Fremde gab Thekla nun, wenn auch etwas zögerlich, die Hand. »Salvatore Martini«, sagte er.

*

»Guten Morgen«, rief Lisa laut in den großen Saal hinein, den sie gerade betrat und ihren Dienstausweis in der nach oben ausgestreckten linken Hand hielt, »Kriminalpolizei Siegburg, mein Name ist Lisa Drollig. Wer ist denn hier der Verantwortliche«?

Von den etwa achtzehn Männern, die sich im Raum befanden, standen drei in einer Ecke und kicherten hinter vorgehaltener Hand: »Drollig«? meinte einer der Drei leise und drehte sich von Lisa weg, die Kleine ist aber auch drollig«, gluckste er immer noch kichernd.

»Wie bitte«? Lisa hatte schnellen Schrittes die Männer erreicht. »Was gibt es denn zu lachen? Ich möchte den Witz auch gerne hören«.

»Ich bin der Chef des Hauses«. Ein etwa Sechzigjähriger mit weißem Hemd und einer blaumelierten Weste, die sich um seinen Bierbauch spannte, sprach recht kernig. »Wie kann ich Ihnen helfen«?

Lisa drehte sich um fünfundvierzig Grad nach rechts. Sie sah den Mann, der sich als Verantwortlicher des gastronomischen Bereiches ausgab, im Gespräch mit einem jüngeren Mann. Dieser hatte eine hellblaue Feincordhose an, dazu ein zu der Farbe passendes Flanellhemd, das ihm hinten und an den Seiten aus dem Hosenbund flatterte. Dazu trug er glänzend gelbe Lackschuhe.

»Ich glaube ich habe bereits gefunden, was ich suche«, meinte Lisa und ging auf die beiden Männer zu.

»Macht Ihr mal weiter«, rief der Mann mit der Weste den anderen Männern zu, die ihre Arbeit unterbrachen, bei der sie damit beschäftigt waren die, Bühne umzubauen und die Bestuhlung wieder in Ordnung zu bringen, als Lisa in den Saal kam. Dabei fuchtelte er mit beiden Händen, als wolle er Hühner in den Stall treiben. »Wir haben hier heute Nachmittag zum Tanz wieder ein volles Haus«.

Lisa erklärte den Männern, warum sie dort sei. Insbesondere ging es um die gelben Lackschuhe und sie erkundigte sich danach, ob sie noch jemanden kennen würden, der solche, doch recht auffälligen Schuhe tragen würde.

»Die Schuhe trage ich, der Bernd, unser Bassist und Holger unser Keyboarder. Dirk, unser Mann an der E-Gitarre, hat sich auch welche bestellt. Wir glauben mit diesen Schuhen aufzufallen und wollen das als Markenzeichen hervorheben«.

Lisa nickte. »Nicht schlecht«, meinte sie zustimmend. Nachdem sie sich die Namen und Adressen der anderen Bandmitglieder notiert hatte und sich umdrehte, um wieder in Richtung Ausgang zu gehen, rief ihr der Schlagzeuger nach: »Am besten ist es, wenn sie die Jungs morgen befragen. Wir haben heute noch lange hier zu spielen«.

Lisa ging weiter zur Ausgangstüre und drehte sich nicht um, als sie ihre rechte Hand Richtung Saaldecke streckte und diese nach links und rechts bewegte. Dann verließ sie die Örtlichkeit.

*

Salvatore Martini war sehr erschüttert über das, was er gerade von Thekla erzählt bekommen hatte. Er hatte nur zugehört und mit keinem Wort nachgefragt. Thekla hatte aufgrund ihrer langjährigen kriminalistischen Tätigkeit und durch die intensiven psychologischen Fortbildungen hinsichtlich polizeilicher Ermittlungen, den Eindruck gewonnen, als würde es hinter der Stirn von Martini auf Hochtouren arbeiten.

»Haben Sie eine Vermutung oder einen Verdacht«? fragte sie.

Der Mann kniff die Lippen zusammen und schaute, wie gebannt den Leuten von der Spurensicherung zu, die Proben des Blutes entnahmen. Langsam und wortlos schüttelte er den Kopf. Man hätte den Eindruck gewinnen können, er würde bereits einen Plan schmieden, wie er sich an den Leuten, die das getan hatten, rächen würde.

Leopold Lackner, der wie gestern am Hangelarer Flugplatz, auch heute die Gruppe der Spurensicherung leitete, kniete mit einem Knie vor der Blutlache. Er wiederholte bereits zum zweiten Mal die Schnellanalyse des Blutes. Dann hob er immer noch kniend den Kopf, schaute zu Thekla und bat sie, zu ihm zu kommen. Thekla ging bis auf wenige Zentimeter an ihn heran und beugte sich mit ihrem Oberkörper herunter. Dann sagte Lackner: »Das ist eindeutig Tierblut. Ich habe den Test mehrmals durchgeführt. Welches Blut genau kann ich aber erst nach einigen Stunden im Labor sagen«.

Thekla richtete sich wieder auf. »Wie«? fragte sie, »und jetzt«?

»Uns ist noch etwas aufgefallen«. Leopold Lackner zeigte auf die Bremsspur, die vor dem Blutfleck endete, so als würde es den Anschein erwecken, irgendjemand oder irgendetwas sei angefahren worden. »Das hier ist keine Bremsspur, sondern eine Beschleunigungsspur. Hier hat jemand wahrscheinlich absichtlich die Reifen seines Wagens über mehrere Sekunden durchdrehen lassen und die Spur absichtlich gelegt«.

Thekla wandte sich um und wollte gerade Herrn Martini beruhigen und ihn darüber aufklären, dass es sich nicht um das Blut seiner Frau handeln könne und dass anscheinend niemand angefahren wurde. Noch bevor sie die wenigen Meter zu Herrn Martini zurückgelegt hatte, rief der uniformierte Beamte, der bereits seit einer Weile, die Ränder der Fußwege abgesucht hatte:

»Hier, Frau Sommer, ich habe etwas gefunden«. Er kniete auf dem Boden in der Nähe des Gefängnistors. Obwohl er Latexhandschuhe anhatte, holte er ein scheckheftgroßes Kärtchen, erst nach Theklas Aufforderung hervor. Zwischen den großen Basaltblöcken, die wie Kegel zurechtgemeißelt waren und rund um die Gefängnismauer aufgeschüttet waren, holte der Beamte einen Personalausweis hervor. Es schien so, als sei er absichtlich auf diese Art und Weise dort platziert worden. Thekla hatte sich ebenfalls Einmalhandschuhe angezogen, die ihr jemand von der Spurensicherung gebracht hatte. Sie drehte den Personalausweis so, dass sie ihn lesen konnte. »Verdammt«, flüsterte sie dem uniformierten Kollegen zu, »Patrizia Martini,- unsere Vermisste vom Hangelarer Flugplatz und die Frau des eben aus der Haft entlassenen«.

Der uniformierte Kollege schaute an Thekla vorbei zu dem Mann, der noch an der Stelle stand, an der Thekla eben mit ihm gesprochen hatte. Er sah, dass die Beiden etwas gefunden hatten und wollte es sich ebenfalls ansehen. Thekla jedoch richtete sich aus der gebückten Haltung wieder auf und deutete Herrn Martini mit entgegengehaltener offener Handfläche an, er möge dort warten. Sie holte ihr Smartphone aus der Hosentasche und wählte Roberts Nummer.

»Hast Du schon Sehnsucht nach mir und meinem Astralkörper«? witzelte er.

»Wir haben jetzt keine Zeit für Späße. Wo bist Du gerade«?

»Kurz hinter Weyerbusch, auf der B8. Es müsste laut Navi gleich nach links abgehen. Hier sind nur Kuhkäffer, aber eine wunderschöne Fernsicht ins Gebirgige«, meinte Robert.

»Dreh bei der nächsten Gelegenheit um. Die Befragungen in Birkenbeul müssen warten. Unser Vermisstenfall scheint sich zu etwas Größerem zu entwickeln. Hoffentlich nicht in einen Mordfall«.

»Jetzt bin ich die ganze Zeit hinter mehreren Traktoren mit irgendwelchem Viehfutter hergetuckert, weil ich nicht überholen konnte, und jetzt pfeifst Du mich mit so wenigen Worten zurück«? Robert war sauer und das sollte Thekla nun wirklich zu hören bekommen. Doch diese hatte das Gespräch nach ihrer dienstlichen Anordnung bereits beendet und sich nun Herrn Martini zugewandt. »Wir haben den Ausweis Ihrer Frau hier gefunden.

Scheint so, als habe man ihn dort absichtlich hingelegt. Möchten Sie uns jetzt einen möglichen Verdacht anvertrauen«?

Herr Martini biss sich auf seine Unterlippe. Die Knöchel seiner rechten Hand traten hell hervor, als sich die Haut um seine geballte Haut spannte.

»Nein«, sagte er nur und drehte sich um.

Thekla wählte erneut Roberts Nummer und gab ihm nun die Anweisung, doch nach Birkenbeul zu fahren und die Ermittlung, wie vorgesehen durchzuführen.

»Warum denn auf einmal doch«? fragte er, »ich bin schon fast wieder in Uckerath«.

»Hier scheint etwas mächtig faul zu sein. Ich glaube, wir müssen das genaue Umfeld der Martinis durchleuchten. Auch den neuerdings dort wohnenden Nachbarn, der eine Privatmaschine am Flugplatz Hangelar stehen hat. Fahr also bitte zurück. Ich werde Lisa zu meiner Unterstützung hierher beordern. Wir müssen sowieso zu dem Wohnort der Beiden, und wo Du schon einmal dort bist...«.

»Ja«, meinte Robert genervt, »erst Hü dann Hott«. Er legte eine Gesprächspause ein. Dann meinte er: »Ich habe schon gedreht«.

Thekla schmunzelte. »Du bist ein Schatz« sagte sie und legte auf.

*

Bernd Lay, der Vater von David, war mit seiner Lebensgefährtin mal wieder über die Pfingsttage in einen Kurzurlaub gefahren. Er hatte sich kurzentschlossen mit seiner Lebensgefährtin einige Tage im Allgäu, genauer gesagt vier Kilometer südlich von >Hopfen am See<, kurz vor der Österreichischen Grenze, ein Zimmer gebucht.

David öffnete die Augen. Er war zwar am Abend zuvor gleichzeitig mit Jana ins Bett gegangen, doch als Jana sich splitterfasernackt an ihn schmiegte und ihm zusäuselte, wie sehr sie sich danach sehne nun wilden Sex mit ihm zu haben, drehte er sich zur Seite und zog die Bettdecke über sich.

»Jetzt nicht«, hatte er etwas grimmig gemeint, »ich bin müde«.

Nun jedoch war ein neuer Tag. Er hatte am Abend noch über die Worte seines Großvaters nachgedacht und wollte die unterschwelligen Zwistigkeiten, die er und Jana hatten, nun beenden. Jana jedoch war bereits aufgestanden und hatte Frühstück gemacht. Es roch verführerisch nach Kaffee und Rühreiern mit Speck, als sie die Zimmertüre öffnete und hereinkam.

»Aufstehen Du Langschläfer«, meinte sie lächelnd, »das Frühstück ist fertig«.

David stand aus dem Bett auf und zog seine Freundin zu sich. Er küsste sie sehr liebevoll, wobei seine rechte Hand langsam ihren Rücken vom Becken aus zu ihrem Hals wanderte. Dort streichelte er mit seinen Fingern die winzigen Härchen am Hals unter ihrem Haaransatz. Er wusste zu genau, dass genau hier eine ihrer erogenen Zonen war. Sie küssten sich innig, während sie sich auf die Bettkante setzten. Als David seiner Traumfrau nun das Shirt über den Kopf zog, legte sie sich auf den Rücken und bot David die Knospen ihrer Brüste zur Liebkosung an.

»Ich möchte so gerne mit Dir ein gemeinsames Leben führen«, meinte David, als Lisa nach fast einer Stunde das Bett verließ, um duschen zu gehen.

»Das weiß ich doch mein Schatz. Wir hatten doch nie einen anderen Plan. Oder hattest Du«? gab Lisa zur Antwort, als sie ihren Kopf nach links über ihre Schulter drehte und zu ihm schaute, während sie die Zimmertüre langsam öffnete.

Durch Davids Kopf schoss der Gedanke, den er gestern noch seinem Opa erzählte. Jetzt jedoch lachte er herzhaft und rief Lisa zu: »Niemals«!

*

Da sie sich lediglich im Pfortenbereich der JVA aufhalten würden und nicht aufs weitere Gelände gehen wollten, durften sie ihre Dienstwaffen behalten. Thekla war es aus der Vergangenheit gewohnt, die Waffe abgeben zu müssen. Deshalb hatten sie und Lisa, die nach Theklas Telefonanruf schnellstmöglich zu ihr gekommen war, bereits prophylaktisch die Waffen aus ihren Schulterholstern genommen und in die Schublade unter der gepanzerten Scheibe der Pforte gelegt.

»Schauen sie hier«, meinte Oliver Schmal, der seinen Kollegen nach dessen Doppelschicht soeben abgelöst hatte, »auf den Kameraaufzeichnungen des angegebenen Bereiches ist nichts zu erkennen«.

Alle drei schauten in gebückter Haltung auf den, auf einem großen Schreibtisch stehenden, Monitor. Da die Sonne zu diesem Zeitpunkt noch nicht aufgegangen war, lieferte die im Infrarotmodus arbeitende Kamera lediglich schwarz-weiß Bilder.

»Hier«, rief Lisa und zeigte mit dem Zeigefinger ihrer linken Hand auf das Bild des Monitors.

»Halten Sie mal bitte an«, bat Thekla den Diensttuenden JVA-Mitarbeiter.

Man erkannte eine Person in einer Hose und einem weiten Zip-Hoodie, dessen Kapuze weit ins Gesicht gezogen und deshalb nicht zu erkennen war. Durch das weite Oberteil war auch nicht zu erkennen, ob es sich um einen Mann oder eine Frau handelte. Die Person stoppte ihren Gang, hob das rechte Bein auf einen der Basaltsteine und tat so, als würde sie ihren Schnürsenkel zubinden wollen.

»Können Sie das größer zoomen und die Aufnahme weiterlaufen lassen«? fragte Thekla.

Jetzt erkannte man genau, dass die Person, als sie sich zum Schuh bückte, aus der rechten Handinnenfläche etwas fallen ließ, was zuvor geschickt durch den Handrücken verborgen war.

»Das muss der eben gefundene Ausweis sein«, meinte Thekla. »Wohin sich die Person jetzt entfernt, kann man nicht nachverfolgen? Auch nicht durch eine andere Kamera?

Der Mann schaute Thekla an und schüttelte den Kopf. An die neben Thekla stehende Lisa gewandt, meinte er: »Die Kameras im vorderen Bereich«, er deutete in die Richtung des Gefängnistores, »sind zwar schwenkbar, jedoch nur während einer Aufzeichnung. Jetzt bringt das nichts mehr«.

Thekla hielt sich ihre rechte Hand an die Stirn, als sie meinte: »Na klar, - ist ja auch logisch«.

Mit den neu gewonnenen Erkenntnissen verließen die beiden Kommissarinnen die Pforte und schritten durch den Spalt, des durch den Pförtner wieder geöffneten Tores, vor den JVA-Bereich. Hier wollte Thekla nun mit Herrn Martini eine weitere Befragung durchführen. Sie hatte ihn gebeten, vor dem Tor zu warten, bis sie wieder herauskämen.

Salvatore Martini hatte gelacht und gemeint: »Da kriegen Sie mich auch nicht mehr hinein. Ich bin froh, dass ich draußen bin«. Nun jedoch war er nicht mehr zu sehen. War ihm die Zeit zu lange geworden? Hatte er etwas in der Umgebung bemerkt, was ihn veranlasste, dem nachzugehen?

»Hast du seine Handynummer nicht notiert«? wollte Lisa wissen.

Thekla drehte sich zu Lisa und meinte: »Der Mann war sechs Monate im Knast. Dort sind keine Handys erlaubt. Ob er eins bei seiner Einweisung abgegeben hatte, weiß ich nicht. Auf jeden Fall, - ich wollte ihn eigentlich jetzt hiernach nach seiner Nummer fragen. Nun ja, - wir haben ja zumindest seine Wohnanschrift in Birkenbeul«.

Da die Kollegen von der Spurensicherung ihre Arbeit beendet hatten und zwischenzeitlich ins Präsidium zurückgefahren waren, stiegen auch Thekla und Lisa in ihre Fahrzeuge und fuhren in die Dienststelle.

*

»Wo ist denn hier die Schulstraße achtundachtzig«? fragte Robert einen älteren Herrn mit geschnitztem Krückstock, der vor einem Haus auf einer Holzbank saß. Er hatte eine warme, graumelierte Lodenjacke und einen passenden Hut auf. Diesen Hut schien der Mann schon lange zu besitzen, da er ziemlich abgegriffen und etwa zwei Nummern zu klein wirkte. Er nahm seine Pfeife aus dem Mund, aus der er noch einmal einen kräftigen Zug genommen hatte, drehte sich zur Hauswand um und las die Hausnummer neben der Haustüre.

»Also, hier ist die Nummer drei. Da müssen Sie wohl noch weiter in die Richtung fahren«. Er streckte mit der Pfeife in der Hand seinen Arm aus.

Robert grinste, schloss die Seitenscheibe seines Dienstwagens und fuhr weiter. »So geht es also im Dorfleben mit gut fünfhundert Einwohnern zu«, dachte er, »immer gemütlich und bloß nicht zu kompliziert und den Auswärtigen immer erst einmal misstrauisch begegnen«. Er stoppte plötzlich den langsam rollenden Wagen, da sich die Straße teilte. In einem Winkel von etwa vierzig Grad gabelte sich der Weg nach links und nach rechts. Robert schaute auf die Straßenschilder. Beide Male las er >Schulstraße<. Bei keiner der Straßen handelte es sich um eine Einbahnstraße, was diesen Umstand ja noch einigermaßen hätte erklären können,- nein,- beide Straßen waren befahrbar, allerdings nur so, dass ein entgegenkommendes Fahrzeug eine Grundstückseinfahrt suchen musste, um Platz für den Gegenverkehr zu machen. Robert grinste und schüttelte erneut den Kopf. »Das so etwas von Amts wegen überhaupt erlaubt ist«, dachte er, »aber hier auf dem Land ist wohl alles möglich. Er stoppte den Wagen erneut. Nun wusste er erneut nicht weiter. Im Winkel von neunzig Grad ging eine enge Straße ab, die wiederrum mit >Schulstraße< benannt war. Er bog nach rechts ab, wobei die Straße nach etwa vierzig Metern in einen Feldweg überging, der in die Ferne der bergigen Gegend führte. Er setzte den Wagen bis zur letzten Abbiegung rückwärts zurück. Ihm war so, als wenn der ganze Ort nur aus >Schulstraße< bestand. Da sah er auf einmal zwei etwa fünfzehnjährige Mädchen. Er fragte, ob sie wüssten wo die Hausnummer achtundachtzig sei, da hier die Nummern anscheinend wild durcheinander seien.

»Wen suchen Sie denn«? wollte eines der Mädchen wissen. »Die Hausnummern werden hier nämlich so vergeben, dass immer der, der ein Haus baut die nächste Nummer kriegt. Egal an welcher Stelle der Straße er baut«.

Das andere Mädchen, oder besser gesagt waren es ja schon fast junge Frauen, meinte lächelnd: »Das bringt so manch einen Fremden zur Verzweiflung, wenn er hier jemanden besuchen will«.

»Ich suche das Haus der Familie Martini«, gab Robert an.

Eines der Mädchen beugte sich nach vorne zu Robert herunter. Dann blickte sie durch die Windschutzscheibe und zeigte mit ihrer Hand nach vorne. »Fahren Sie hier um die Kurve«, sie zeichnete mit der Hand eine S-Kurve, »und an der nächsten Möglichkeit nach rechts. Dort steht kein Straßenschild, aber das zweite Haus links ist es. Es ist übrigens das letzte Haus in dieser Stichstraße«.

Mit einem »vielen Dank« schloss er die Seitenscheibe und fuhr so, wie ihm gesagt wurde.

»Da ist keiner«, hörte Robert einen Mann aus dem gegenüberliegenden Haus rufen, als er an der Haustüre der Nummer achtundachtzig klingelte. Robert drehte sich um. Er sah in der ersten Etage des Hauses einen sehr gepflegt wirkenden Herrn mit weißem, gescheiteltem Haar.

»Wo sind die denn«? rief Robert zurück. »Kommt da vielleicht gleich jemand«?

Der ältere Mann winkte mit seiner Hand vor seinem Gesicht hin und her. Entweder es sollte eine Verneinung von Roberts Frage darstellen, oder er verscheuchte die Fliegen von den hier reichlich vorhandenen Misthaufen. »Das glaub ich nicht«, antwortete der ältere Herr, »sie ist schon ein paar Tage nicht da und er ist im Knast«.

»Im Knast«? fragte Robert, so als wenn er völlig ahnungslos sei. »Warum ist der denn im Knast«?

Der Mann beugte sich etwa zwanzig Zentimeter aus dem Fenster, musste aber aufpassen das Gleichgewicht nicht zu verlieren und gar herauszufallen. Dann rief er, etwas leiser, zur anderen Straßenseite hin: »Man munkelt wegen Falschgeld«.

»Wo wohnt denn der Geschäftsmann, der in Hangelar den Privatflieger stehen hat«? fragte Robert.

Der redselige Mann zeigte die Straße zurück. »Drittes Haus links, - der protzige Neubau. Aber der ist auch nicht da«, bekam er zur Antwort.

»Auch im Knast«? fragte Robert neugierig.

Der Mann im Fenster des ersten Stockwerks winkte ab. Dann meinte er lachend: »Der ist doch andauernd in Deutschland unterwegs. Ich glaube der hat irgendeine Möbelfirma«.

Auf der Rückfahrt zur Hauptverkehrsstraße, die an Birkenbeul vorbeiführte, bemerkte Robert, dass es hier, außer der Schulstraße, noch mehrere Straßennamen gab.

*

»Gibt es neue Hinweise in dem Vermisstenfall aus Hangelar«? wollte Alfred Bollenkamp wissen, dem Thekla auf dem Flur in der zweiten Etage des Polizeipräsidiums begegnete. Er war in Begleitung von Felix Bähr, dem Polizeipsychologen, der damals eingestellt wurde, um den psychischen Belastungen entgegenzuwirken, denen die Kollegen der Schutzpolizei ständig ausgesetzt waren und auch die Kripobeamten.

Bähr hatte mal wieder einen sehr auffälligen Anzug an, diesmal mit riesigen grünen Karos, die mit hellroten Umrandungen versehen waren. Dazu trug er mal wieder seine, aus gelbem Leder bestehenden Stiefeletten. Er liebte es, sein Gegenüber mit seinen Outfits zu irritieren, um dann gezielte Fragen zu stellen und aus den Antworten der verwirrten Gesprächspartner, Schlussfolgerungen zu ziehen.

»Ja, wir haben einen unklaren Vorfall vor der JVA, Die Fälle scheinen einen Zusammenhang zu haben…«

»Thekla? Ist alles in Ordnung mit Dir«? fragte Fred und legte seine ausgestreckte rechte Hand auf Theklas linke Schulter. Thekla schaute verwundert und sehr nachdenklich auf die Schuhe von Bähr. Es schien so, als würde sie aus einer kurzen Trance erwachen, als sie an Fred gewandt sagte: »Es ist alles in Ordnung, nur, - im Fall der vermissten Patrizia Martini spielen auffällig gelbe Lackschuhe eine Rolle«. An Bähr gewandt fragte sie: »Wo haben sie diese Schuhe gekauft? Die gibt es doch sicherlich nicht so häufig«?

Der Psychologe lächelte als er sagte: »Das werde ich tatsächlich häufig gefragt. Aber dass gerade Sie mich das fragen, - wollen sie Ihrem Lebensgefährten eine Freude machen«?

Thekla schaute Bähr direkt in die Augen und lachte herzhaft. »Nein«, meinte sie, »so etwas würde Robert nie anziehen. Mein Lebensgefährte, wie Sie ihn nennen, hat nämlich einen guten Geschmack«.

Paff, - das hatte gesessen. Aber Bähr hatte genau das erreicht, was er immer erreichen wollte. Eine spontane Aussage seines Gegenübers aufgrund seiner Erscheinung.

»Also, wo gibt es diese Schuhe? Vielleicht gibt es dort ja auch Halbschuhe aus diesem Material? Es könnte uns in dem vorliegenden Fall weiterhelfen«, fragte Thekla erneut nach.

Sie erfuhr, dass er diese Schuhe aus einem kleinen aber feinen Fachgeschäft in Troisdorf gekauft hatte. Bei dieser Adresse würde sie sicherlich Erkundigungen einziehen lassen, hinsichtlich möglicher Käufer dieses Schuhmodells. Schließlich wurde Frau Martini auf der Tanzfläche mit dem Träger solcher Schuhe gesehen und es stand noch nicht fest, ob es sich dabei tatsächlich um ein Bandmitglied gehandelt hatte.

»Danke für die Info«, meinte Thekla nun recht kurz angebunden und schlängelte sich an den beiden Männern im Flur vorbei, »ich muss jetzt aber weiter, die Kollegen warten im Besprechungsraum auf mich«. Nachdem sie die Türe zu dem Raum, in dem bereits Robert, Lisa und

Sybille warteten, geschlossen hatte, lehnte sie sich erst einmal rücklings gegen die Türe und atmete tief durch. Hatte es doch dieser Psychologe mal wieder auf subtile Weise geschafft, eine Reaktion bei ihr auszulösen, die sie normalerweise nicht an den Tag legte.

»Was ist los«? wollte Robert wissen, »Du siehst sehr geschafft aus«.

Thekla winkte ab und setzte sich lächelnd an den Tisch, auf dem wie gewohnt frisch aufgeschütteter Kaffee stand. Nun sollten alle im Team auf den gleichen Wissensstand der einzelnen Ermittlungen gebracht werden.

»Was ist denn mit dem Unternehmer in Birkenbeul? Konntest Du herausfinden ob es irgendwelche Beziehungen zwischen ihm und der Familie Martini gibt? fragte Lisa zu Robert gewandt.

Dieser schüttelte den Kopf. »Arne Wiemann, so heißt der Mann, war nicht zu Hause. Wie ich erfahren habe, - hat der Mann vor acht Jahren in Birkenbeul ein prächtiges Haus gebaut. Er hat sich, vor vier Jahren von seiner Frau getrennt, weshalb, konnte ich nicht glaubhaft in Erfahrung bringen. Angeblich ist sie zurück in ihre Heimat nach Norddeutschland gezogen. Ein Nachbar unterhielt sich aus dem Fenster seines Hauses mit mir und erzählte, es wird gemunkelt, Martini würde wegen Falschgeld im Knast sitzen. Weiß man da schon etwas drüber«? fragte er in die Runde.

Sybille rutschte auf ihrem Stuhl nach vorne und saß nun auf der Stuhlkante, wobei sie sich mit den Ellenbogen auf dem Tisch abstützte. »Ich habe Einblick in die elektronische Gerichtsakte genommen. In der Verhandlung ging es um die Herstellung und in Umlauf gebrachten gefälschten Kreditkarten«. Sie schaute in die Ausdrucke, die vor ihr lagen. »Hier steht in der Urteilsbegründung, er hätte sich auf unrechtmäßige Art und Weise, Zugang zu Kreditkartendaten verschafft und diese dann auf Blankokarten kopiert«.

»Ein kompliziertes Unterfangen. Woher hatte er denn diese Kenntnisse und die Apparate, um das durchzuführen«? fragte Lisa.

Sybille zuckte mit den Schultern. »Einige Blankokarten konnten seinerzeit sichergestellt werden, die Kopiermaschinerie wurde aber nicht gefunden«.

»Und wie kam man auf die Spur von Salvatore Martini und seine Machenschaften«? fragte Thekla.

»Die Abteilung >organisierte Kriminalität<, hier im Hause, hatte ihn mehrere Monate observiert.

74

Aufgefundene Kartenfälschungen fielen vermehrt im Süddeutschen und Ostdeutschen Raum auf. Nachdem dort die Hehler der Karten dingfest gemacht wurden, machte man Angaben zu der Bezugsquelle. Diese führte in den Westerwald und schließlich zu dem Verurteilten«.

»Dem sollten wir näher auf den Grund gehen«, meinte Thekla nachdenklich. »Die ganze Angelegenheit mit der Blutlache vor der JVA und dem Verschwinden von Patrizia Martini, gefällt mir ganz und gar nicht. Irgendetwas stimmt da nicht. Ich glaube, ich werde morgen früh selbst nach Birkenbeul fahren und mich im Ort genauer über die Familienverhältnisse erkundigen. Gleichzeitig kann ich dann hoffentlich auch noch mal ausführlicher mit Herrn Martini reden. Ich vermute, er hält sich nach seiner Haftentlassung doch sicherlich erst einmal in seinem Haus auf«? Thekla schaute in die Runde, als ob sie eine Bestätigung ihrer Gedanken haben wollte. Auf Roberts Drängen hin, mitfahren zu wollen, weil er den genauen Weg in Birkenbeul kannte, verneinte Thekla diese Bitte. Robert sollte sich lieber noch einmal mit Frau Kreuter in Hangelar unterhalten, um mehr über die Lebensgewohnheiten, Vorlieben und eventuell früheren Bekanntschaften ihrer Freundin Patrizia Martini, zu erfahren.

»Was schlägst Du vor, dass ich machen soll«? fragte Lisa.

»Du fährst bitte in dieses Schuhgeschäft nach Troisdorf und erkundigst Dich, wer alles in letzter Zeit solche gelben Lackschuhe gekauft hat. Vielleicht erinnert man sich ja dort an Käufer und kann sogar eine Beschreibung abgeben«?

Lisa schaute verdutzt. »Welches Schuhgeschäft in Troisdorf«? wollte sie wissen.

»Ach so, - das kannst Du ja gar nicht wissen«, Thekla wunderte sich über sich selbst. Hatte sie die Information, die sie eben von Felix Bähr auf dem Flur erhalten hatte, noch nicht weitergegeben? »In Troisdorf, zwischen der Kölner Straße und der „alten Poststraße", muss es ein kleines Fachgeschäft geben, in dem unser Psychologe seine hässlichen gelben Stiefeletten gekauft hat. Er vermutet, dass es dort auch Lackhalbschuhe in diesem Stil gibt. Weiterhin möchte ich, dass Du die, Dir jetzt namentlich bekannten Bandmitglieder aufsuchst und zu der Sache befragst«

Lisa nickte und machte sich Notizen zu Theklas Anweisung.

Sybille bekam den Auftrag, im Internet nach dem Hersteller und Vertreiber, beziehungsweise dem Großhändler der gelben Lackschuhe, zu suchen. »Wir sollten wissen, wo die Schuhe sonst noch hier im Rhein-

Sieg-Kreis verkauft werden. Ach ja, - als erstes kannst Du morgen bitte dem Obdachlosen, den wir in Hangelar aufgegriffen haben und der unten in der Arrestzelle sitzt, nochmals auf den Zahn fühlen. Er ist zwar durch das Auffinden der Geldbörse von Frau Martini möglicherweise in den Vermisstenfall involviert, aber wir müssen ihn nach achtundvierzig Stunden wieder auf freien Fuß setzen. Kein Richter stellt einen Haftbefehl auf unsere Vermutungen hin aus«.

Nachdem die Besprechungsrunde aufgehoben wurde, ging jeder in seinen verdienten Feierabend.

*

Sie hatten in der Tiefgarage des Präsidiums beschlossen, auf dem nach Hause Weg, bei dem Griechen in Siegburg-Wolsdorf einzukehren und dort etwas zu essen. Thekla parkte den Wagen in der letzten freien Parkbucht vor dem Restaurant, stieg aus und ging in Richtung des Eingangs. »Schau mal, dass Du einen guten Tisch erwischst«, er schaute auf die zahlreichen Autos die vor und neben dem Restaurant standen, »ich steck mir noch schnell eine Zigarette an«, meinte Robert und zündete schnell sein Feuerzeug. Thekla schüttelte ihren Kopf, dann jedoch hob sie ihre Hand hoch und ging wortlos ins Lokal. Schließlich verzichtete Robert darauf, im Haus und dem Auto, zu rauchen, wofür Thekla ihm dankbar sein könnte, dachte er.

»Das einzig schlechte hier ist, dass es kein Warsteiner gibt«, meinte Robert, als er sich gegenüber Thekla, an den von ihr ausgesuchten Tisch setzte. Sie waren schon öfter mit Freunden hier, aber jedes Mal bemängelte Robert die fehlende Biersorte.

*

Salvatore Martini stapfte mit Stiefeln und Regenjacke vom Schuppen seines Grundstücks durch den Garten. Es war bereits finstere Nacht und es hatte heftig zu regnen begonnen. Als er nun mit Spitzhacke und Spaten in den Pfützen des Gartens stand, begrüßte er die sonst so oft bemängelte Tatsache, dass es in dem Fünfhundert-Seelen-Ort viel zu wenig Straßenbeleuchtung gab, vor allem in der Stichstraße, in der er wohnte.

*

»Es wird mir zu bunt«, dachte Thekla und schlug die Bettdecke grimmig zur Seite. Robert hatte sich beim Griechen „überbackenen Gyros in Metaxa Sauce" bestellt. Auf seinen speziellen Wunsch hin, hatte der Wirt eine extra Portion Käse zum Überbacken genommen. »Er weiß genau, dass er einen empfindlichen Magen bekommen hat und nicht mehr so fettig essen soll«, dachte Thekla, als sie ins Gästezimmer ging, welches früher einmal Davids Zimmer war. Der unruhige Schlaf und das Wälzen von einer Seite auf die andere war nun der Anlass für Theklas Bettflucht. Sie würde am nächsten Tag mit ihm darüber reden, dass er seine Ernährung, seiner Gesundheit zu Liebe, ein wenig umstellen solle. Da das Zimmer nur ein wenig beheizt war, hatte sie sich die Bettdecke bis zum Hals hochgezogen. Sie war hellwach und starrte gegen die Zimmerdecke, während sie den Tag noch einmal Revue passieren ließ und über den Fall, den sie gerade bearbeiteten, nachdachte. Wo war die Vermisste aus Hangelar und was war passiert? Warum hatte jemand den Ausweis vor der JVA gut platziert deponiert? Warum war eine anscheinende Bremsspur vor dem Gefängnis markiert worden die auch noch auffallend mit Tierblut versehen wurde? Hingen die Fälle zusammen?

*

Lisa stand bereits um neun Uhr vor dem Schuhgeschäft in Troisdorf. Sie war für ihre Verhältnisse bereits früh aufgestanden. Sie hatte geduscht und den morgendlichen notwendigen Espresso getrunken, den sie brauchte, um richtig wach zu werden. An der gläsernen Eingangstüre heftete von innen ein Schild. »Mist«, dachte sie, »erst ab zehn Uhr geöffnet. Warum bin ich denn nur so früh aufgestanden«? Sie ging zurück auf die Kölner Straße, die

hier über einige hundert Meter hinweg seit mehreren
Jahrzehnten bereits als Fußgängerzone ausgebaut war.
Auf dem Weg von ihrem Auto zum Schuhgeschäft war ihr
am Konrad-Adenauer-Platz ein großes Café aufgefallen,
in dem sie nun einen Milchkaffee und zwei frische
Croissants genießen wollte. Um fünf vor zehn stand sie
wieder vor dem Schuhgeschäft. Sie schaute in das linke
der beiden Schaufenster und staunte nicht schlecht.
»Preise wie in einem exklusiven Store für hochwertige
Damenschuhe«, dachte sie. Dann las sie die, im oberen
Drittel der Scheibe, angebrachte Werbung: „Hochwertige
italienische Mode aus dem Hause Nero Giardini in der
Provinz Fermo". »Also etwas für Gigolos«, dachte Lisa.
Sie selber konnte sich keine Schuhe für
dreihundertfünfzig Euro und mehr leisten. Lisa ging zur
rechten Fensterscheibe und schaute auf die dortige
Auslage. Hier sah sie auch diverse Hersteller aus
Deutschland und China. Selbst Sneakers für
„Normalverdiener" waren dort ausgestellt. Plötzlich hörte
sie, wie sich der Schlüssel im Schloss der Eingangstüre
umdrehte und die Türe geöffnet wurde, um frische Luft
ins Geschäft zu lassen. Bei der anschließenden Befragung
des Inhabers, meinte dieser lächelnd: »Es ist schon sehr
verwunderlich, dass Sie nach den gelben Lackschuhen
fragen. Seit einigen Wochen ist die Nachfrage nach diesen
Schuhen enorm. Seitdem Mitglieder einer Siegburger
Band diese Schuhe tragen, musste ich schon eine Liste

anfertigen, auf der ich die Bestellungen dieser Schuhe notieren musste.

»Darf ich diese Liste einmal sehen«, fragte Lisa den Mann höflich.

Dieser schaute in eine Schublade hinter dem Verkaufstresen und übergab Lisa einen Notizblock auf dessen erster Seite zwölf Namen und Adressen geschrieben standen.

*

Der Twingo sprang nicht an.

»Es wird langsam Zeit für einen Neuen«, meinte Robert, der neben Thekla auf dem Beifahrersitz saß. Theklas Kopf drehte sich blitzartig nach rechts. »Einen neuen Mann«? fragte sie und schaute mit stechendem Blick in Roberts Augen. Dieser zog reflexartig den Kopf ein, öffnete die Beifahrertüre und stieg aus. Er wusste, dass Thekla ihren Twingo heiß und innig liebte. Deshalb nahm sie auch immer den Twingo und nicht den Dienstwagen. Dass sie jedoch so extrem reagieren würde, hätte er nicht gedacht. Es hatte letzte Nacht heftig geregnet und nun war es sehr kalt. Zudem nieselte es noch leicht. »Mach mal die Haube auf«, meinte er, als er vor dem Wagen stand. Nachdem er die Motorhaube geöffnet und in der Halterung arretiert hatte, rüttelte er an verschiedenen Kabeln, der Batterie und den Zündkerzensteckern. Er hatte nicht die blasseste Ahnung von Autos und deren Technik, aber es war immer gut, so dachte er, wenn Männer vor Frauen so tun, als kenne man sich mit Autos aus. Robert öffnete die beiden Klammern der braunen Verteilerkappe, hob sie hoch und schaute hinein. »Dachte ich es mir doch. Die Verteilerkappe scheint einen Riss bekommen zu haben und nun ist ein feiner Wasserfilm zu sehen«, sagte er so laut, dass nicht nur Thekla, sondern die gesamte Nachbarschaft bis zum übernächsten Haus es hätte hören können. Er holte aus dem Kofferraum einen alten, aber dennoch sauberen Lappen, wischte die Verteilerkappe aus und montierte sie wieder fachgerecht. »Lass mal an«, rief er stolz Thekla zu, welche die Seitenscheibe etwa fünf Zentimeter geöffnet hatte, damit es nicht ins Wageninnere regnete. Der Wagen sprang sofort an. Robert grinste von einem Ohr bis zum anderen. Er schloss die Motorhaube, setzte sich auf den Beifahrersitz und warf den alten Lappen in den Fußraum vor sich.

»Du bist mein Held«, meinte Thekla und gab ihm einen dicken Kuss auf die linke Wange. Dann begann sie die Fahrt in Richtung Altenkirchen.

Robert hatte die Rückenlehne etwas zurückgedreht und es sich gemütlich gemacht. Er hatte das Autoradio

eingeschaltet und hörte „WDR 2". Thekla hingegen
schwelgte in Gedanken und schmunzelte. Sie dachte an
ihr letztes Treffen mit ihrer langjährigen Freundin Sylvia,
mit der sie hin und wieder in die Sauna ging, um vom
täglichen Stress abzuschalten. Sie kannte Sylvia bereits
vom Gymnasium, wobei sich eine über die Jahre hinweg
immer fester werdende Freundschaft entwickelte. Das erst
recht, als Sylvia ihr gestanden hatte, dass sie tatsächlich
mehr dem weiblichen Geschlecht gegenüber angetan sei.
Ihre Ehe scheiterte nach kurzer Zeit, die von ihr aus nur
eingegangen wurde, um eine Alibifunktion zu erzeugen.
Sylvia hatte niemals versucht sich Thekla auf einer
homosexuellen Basis zu nähern. Ihr war die
„echte" Freundschaft viel mehr Wert. Dies festigte die
Frauenfreundschaft aus Theklas Sicht zu einer starken
„Beste-Freundin-Beziehung". Thekla schmunzelte
deshalb, da Sylvia so eine lebensbejahende und witzige
Frau war, die stets einen lustigen Spruch brachte und auch
über sich selbst lachen konnte. Bei ihrem letzten
gemeinsamen Saunabesuch, als beide zum Abschluss
unter der Dusche standen, hatte Thekla Sylvias Blick auf
ihrem Körper gespürt. Sylvia war etwas neidisch, dass
Thekla einen so durchtrainierten Körper und einen
straffen Busen hatte, - sie selbst dagegen eher mit
weiblichen Rundungen und einer doppelt so großen
Oberweite versehen war. Damals hatte Sylvia gesagt, dass
sie wohl besser mit dem neuen Spülmittel duschen sollte,
welches sie neulich gekauft hatte. Erstaunt schaute Thekla

damals in Sylvias Augen und fragte, wieso es denn
Spülmittel sein solle. Sylvia hielt Theklas Blickkontakt
zunächst mit ernstem Gesicht. Dann jedoch fing sie an zu
lachen und sagte:

»Na, - auf der Flasche steht „entfernt selbst
hartnäckigstes Fett"«

Beide hatten damals minutenlang herzlich gelacht,
woraufhin sich die anderen Saunagäste nach den Beiden
umschauten. Die beiden Frauen hatten ein Ritual daraus
gemacht, nach den Saunabesuchen, den Abend bei einem
gemeinsamen Essen ausklingen, zu lassen. Mal gingen sie
zum Griechen, mal zum Libanesen oder zum Türken. An
diesem Abend war der Italiener dran und nach der
leckeren Pasta erzählte Thekla, dass ihr Sohn David bald
sein Abitur machen würde. »Eigentlich war Davids
Wunsch, ebenfalls in den Polizeidienst einzutreten und es
seinem Opa und mir gleichzutun, jedoch hatte er in den
letzten Monaten immer mehr die Idee geäußert, doch
lieber Theologie zu studieren und der Gewalt, bevor sie
manche Menschen zu Straftätern werden ließ, bereits im
Vorfeld durch „Gottes Wort", vorzubeugen. Mittlerweile
hat sich der Berufswunsch jedoch wieder etwas
differenziert und er möchte im Bereich der sozialen
Prävention eine Art „Streetworker" werden.«

Sylvia stellte die Espressotasse, an der sie gerade getrunken hatte, auf dem Tisch ab. Dann meinte sie:

»Das ist total interessant. Ich kenne David ja bereits seit seiner Geburt und ich muss sagen, seine Entwicklung hin zu dem Wunsch sogar Theologie studieren zu wollen, fasziniert mich. Ich muss Dir jetzt etwas erzählen, welch wundersame Entwicklung ich in den letzten Monaten gemacht habe und immer noch Tag für Tag durchlaufe. Nach unserem letzten Saunabesuch hatte ich mich am Abend auf meiner Terrasse in den Liegestuhl gelegt und wollte noch etwas die Sterne beobachten. Ich hatte mir eine leichte Decke übergelegt und ließ in Gedanken, die schönen letzten Stunden mit Dir, Revue passieren. Plötzlich bemerkte ich eine innere Zufriedenheit, die aus mir hervorzukommen schien. Eine wohlige Wolke umgab mich, sowie ein Gefühl in absoluter Liebe eingebettet zu sein. Ich ließ mich auf das Gefühl ein, schaltete bewusst mein „rationales Denken" aus und spürte, wie eine innere Stimme mir sagte, es sei Gott, respektive meine „Engel", die mir dieses irrationale Gefühl vermittelten. Im gleichen Moment quasi parallel, hatte ich das innige Gefühl mich zu erinnern. Mich zu erinnern an einen Zustand, den ich von früher her kannte und nach dem ich völlig unbewusst, mein ganzes Leben lang, gesucht hatte. Harmonie, Vertrautheit, Liebe und absolute Anerkennung waren die Hauptmerkmale dieses Gefühls. Nach wenigen Minuten hatte ich damals das Gefühl, der Himmel über mir täte sich auf und schenkte mir eine wahnsinnige Art von Energie. Auch die Bäume in meinem Garten schienen nun ihr Energiefeld um ein Vielfaches zu erweitern und erreichten ebenfalls meinen Körper. Völlig überwältigt von dem Erlebten, ging ich nach etwa dreißig Minuten ins Haus, da sich die Kühle der Nacht breit machte. Von dem Tag an habe ich mir angewöhnt, jeden Abend, wenn ich zu Bett gehe, zu beten. Also, - ich führe da keine Selbstgespräche und bete laut, so wie wir es als Kommunionskinder beigebracht bekommen haben, sondern ich rede mit Gott und den Engeln in Gedanken. Ebenfalls bitte ich die Engel auch tagsüber, mir in gewissen Situationen zu helfen, - und Du wirst es nicht für möglich halten, - mir wird tatsächlich augenblicklich geholfen. Mein Glaube an Gott und daran, dass es nach meinem irdischen Leben weitergeht, hat sich in mir dermaßen freudig gefestigt, dass mir der Gedanke an den Tod, so irrsinnig es sich auch anhören mag, keine Furcht, sondern eher Freude auf das, was da kommt auslöst«.

*

»Du musst hier gleich scharf nach links abbiegen«, sagte Robert laut, »die Straße nach Birkenbeul ist für jemanden, der sie nicht kennt, leicht zu übersehen«.

Thekla bremste den Wagen sanft ab. Tatsächlich, - sie wäre fast an der Straße, auf der linken Seite, vorbeigefahren. Sie befuhr nun die schmale Straße, die zum Ortseingang des kleinen Dorfes führte, auf welcher Robert am Vortag, den Mann vor seinem Haus nach dem Weg gefragt hatte. Tatsächlich saß er wieder auf der Bank, - diesmal in wetterfester Kleidung und mit geschlossenem Regenschirm. Robert machte sich einen Spaß daraus und winkte dem Mann lächelnd zu, als Thekla fast in Schrittgeschwindigkeit an dem Haus vorbeifuhr.

»Warum fährst Du so langsam? Ich zeig Dir schon wohin wir müssen« meinte Robert, der immer noch grinsend winkte.

Thekla nahm die rechte Hand vom Lenker und zeigte nach vorne durch die Windschutzscheibe. Ihnen kam ein Traktor mit Gülleanhänger entgegen. Dieses Gespann nahm fast zweidrittel der schmalen Straße ein. Als sie nach wenigen Minuten vor dem Haus der Martinis anhielt, schaute Robert beim Aussteigen instinktiv zum gegenüberliegenden Haus. Der Mann von gestern hatte es sich schon wieder am Fenster gemütlich gemacht, nur hatte er heute zwischen Fensterrahmen und seinen vor sich gekreuzten Unterarmen ein Kissen gelegt. Lächelnd hob er seine rechte Hand und rief freundlich: »Hallo, - auch wieder da«?

Robert hob ebenfalls die Hand und antwortete: »Wir wollen erneut unser Glück versuchen«.

»Oh, - heute mit weiblicher Verstärkung«? rief der Mann, als er Thekla aussteigen sah. Diese wandte sich jedoch sofort in Richtung des Hauses zu dem sie hinwollten. Die beiden Kriminalisten öffneten das kleine Eisentor zum Grundstück und gingen wenige Meter bis zur Haustüre, wobei sie darauf achteten, nicht von dem geplätteten Weg in die Rasenfläche zu treten. Der Rasen schien in Wasser zu schwimmen. Als keiner öffnete, traten beide zwei Meter zurück und schauten auf die Fenster an der Hausfront.

»Eigentlich müsste er aber da sein«, rief der Mann von gegenüber, »er ist gestern nachmittags mit einem Wagen mit SU-Kennzeichen hierhin gebracht worden und im Haus verschwunden. Danach habe ich ihn nicht mehr gesehen, aber er muss noch fleißig gewesen sein. Schauen sie dort«, er zeigte mit seinem ausgestreckten rechten Arm neben das Haus, vor dem sie standen, »er hat wohl heute Nacht noch neben der gemauerten Brunnenattrappe ein großes Loch gegraben. Mich würde schon interessieren, warum er das gemacht hat«?

»Ich glaube, den interessiert hier alles. Warum sonst hängt er den ganzen Tag im Fenster und inspiziert die Nachbarschaft«, murmelte Robert erheitert in Richtung Thekla.

»Mag sein«, erwiderte diese ebenso leise, »aber aufgrund solcher Leute haben wir schon viele Fallentscheidende Hinweise bekommen«.

Robert griff sowohl links als auch rechts an seine Hose und zog die Hosenbeine so hoch wie es ging bis zu den Knien. Er wollte vermeiden, dass die Hose auf dem Weg bis zu der gezeigten Stelle neben dem Haus, nass werden würde. Es zeigte sich, dass seine Vorsichtsmaßnahme nicht helfen sollte. Je mehr er sich von dem Weg, von dem er kam, entfernte umso mehr sank er in das Gras ein und das Wasser lief in seine Halbschuhe. »Scheiße«, rief er laut, als er nasse Socken bekam. Als er an dem ausgegrabenen, etwa einen Meter tiefen Loch ankam, ließ er seine Hose, die er immer noch hoch hielt los und rief zu Thekla : »Das musst du sehen, - ich weiß nicht, was das soll«.

Thekla zog sich die Schuhe und ihre Strümpfe aus. Als sie die Jeans über ihre Waden gekrempelt hatte, ging sie behutsam zu Robert und der aus Bruchsteinen gemauerten Brunnenattrappe. Über dem Brunnen hatte Martini eine runde Betonplatte gelegt, worauf wiederrum ein gusseiserner Grill verschraubt wurde. Beide schauten nun in das Loch, das neben dem Brunnenfundament freigelegt worden war. Martini hatte unter dem Brunnen, unterhalb der Grasnarbe ein etwa achtzig Zentimeter tiefes Fundament gegossen, in dem er einen Safe mit einzementiert hatte. Da auch auf dem Safe Beton war, konnte man ihn von oben nicht sehen. Die Safe Seite mit der Türe zeigte in Richtung des gegrabenen Loches.

»Ein Clever installiertes und getarntes Versteck«, meinte Thekla. »Alle Achtung«. Sie schaute Robert an und zeigte herunter in das Loch auf die etwa einen Zentimeter offenstehende Safe Türe. Dann sprach sie weiter, »Einer von uns sollte nun nachschauen, ob noch etwas darin zu finden ist. Du hast mir doch heute am Motor des Twingo bewiesen …«.

»Ist schon gut«, meinte Robert genervt und war schon in das Loch gesprungen, wobei seine Hose nun vollends reif für die Wäsche war. Er öffnete die Türe und holte, voller Erstaunen ein kleines Kästchen heraus. Es war etwa so groß, wie eine Zigarettenschachtel und mit Stoff bezogen. Im inneren befand sich ein Schaumstoffstück mit einer vorgefertigten Aussparung, so groß, dass ein USB-Stick geschützt darin liegen konnte.

Thekla nahm die Schachtel entgegen und reichte Robert dann die Hand, damit er sich leichter aus dem Loch befreien konnte. Bevor sie die Schachtel öffnete begutachtete sie alle Seiten. Im inneren fiel ihr zunächst nichts auf, bis sie verwundert sagte: »Hier auf der Innenseite des Deckels sieht man noch blass die Abbildung eines Wappens«. Sie führte ihr Gesicht näher zur Schachtel, bevor sie erstaunt zu Robert sagte: »Es ist das seit 1958 verwendete Hoheitszeichen von Monaco«. Augenblicklich kam ihr die Gedenkmünze Monacos in den Sinn, die sie im Portemonnaie von Patrizia Martini gefunden hatte.

»Hier stimmt was nicht. Hier stimmt sogar ganz gewaltig etwas nicht«, sagte sie zu Robert. »Mein Bauchgefühl meldet sich auf einmal ganz stark. Hilf mir mal, - was stimmt hier nicht«?

»Du mit Deinem ewigen Bauchgefühl«, witzelte Robert, »ich habe jetzt ganz andere Probleme. Schau mal an, wie ich jetzt aussehe«. Er schaute an sich herab. Er sah aus, wie eine Sau, die sich gerade im Schlamm gewälzt hatte.

»Habt Ihr etwas gefunden«? Der Mann aus dem Fenster stand mit Hausschuhen, Jogginghose und flatterndem weißen Shirt am Gartenzaun und streckte seinen Hals neugierig in die Richtung des gemauerten Brunnens.

Jetzt ging der Mann Thekla auf die Nerven. Sie stapfte mit ihren nackten Füssen über die Wiese zu dem Mann und zückte aus der Gesäßtasche ihrer Jeans den Dienstausweis.

»Kriminalpolizei Siegburg, mein Name ist Thekla Sommer. Das«, sie zeigte in Richtung ihres Partners, »ist mein Kollege Robert Hanf. Wie sich zeigt sind wir hier einem möglichen Verbrechen auf der Spur. Ich darf Sie bitten, von dem hiesigen Ort, Abstand zu nehmen und nicht zu betreten. Hier werden gleich noch mehr Kollegen von uns erscheinen und das Gelände sowie das Haus durchsuchen. Bitte gehen Sie nun zurück in Ihr Haus und lassen uns hier in Ruhe unsere Arbeit machen«.

Der ältere Herr war beeindruckt von der resolut auftretenden Kommissarin. Er wich etwa einen Meter zurück und stammelte: »Ich wollte doch nur …«

Thekla streckte ihren linken Arm aus und zeigte an dem Mann vorbei zu dessen Haus. Eingeschüchtert drehte dieser sich um und trottete zu seinem Hauseingang.

»Die Kriminalpolizei in Birkenbeul. Endlich ist hier mal was los, - und ich darf nicht dabei sein«, dachte er.

Als die verständigten Kollegen der Schutzpolizei Altenkirchen in zwei Streifenwagen an dem Haus eintrafen, sperrten sie mit rot-weißem Flatterband das Grundstück ab und drangen durch den, an der Rückseite des Hauses befindlichen Hintereingang in das Haus ein, um es zu durchsuchen. Theklas Vorschlag auf die Spurensicherung zu warten ignorierten sie. Thekla befand

sich hier in Rheinland-Pfalz und war den Kollegen
gegenüber nicht weisungsbefugt.

»Komm, - wir gehen«, meinte Thekla wütend und
stupste Robert mit dem Ellenbogen in die Rippen. Robert
merkte, dass Thekla angespannt wie ein Bettlaken war.
Sie konnte es nicht abhaben, dass die Kollegen sich nicht
an übliche Vorschriften hielten. »Wer weiß, ob die
überhaupt rechtmäßig durch eine offene Türe ins Haus
gelangt sind oder gewaltsam«, dachte sie, als beide zum
Twingo gingen. Sie schaute Robert von oben bis unten an
und meinte, wobei sie an die Sitze in ihrem Auto dachte,
»wo wohnt eigentlich dieser Unternehmer, - dieser Aaron
Wiemann«?

»Der wohnt hier um die Ecke, das zweite Haus links.
Das sind etwa nur achtzig Meter«, antwortete Robert und
wollte gerade nach der Beifahrertüre des Twingos greifen.

»Ach, dann können wir ja auch schnell zu Fuß dahin
gehen. Wer weiß, ob wir da vor dem Haus parken
können«? meinte Thekla über ihre linke Schulter hinweg,
da sie bereits schnellen Schrittes in die angegebene
Richtung ging.

An dem Haus angekommen sahen sie, wie ein Mann
im Anzug und Koffern in der rechten und der linken Hand

gerade das Haus abgeschlossen hatte und auf dem Weg zu einem schwarzen Mercedes S-Klasse war.

»Sind sie Herr Wiemann«? fragte Thekla den Mann, kurz bevor er den Wagen erreichte. Sie hatte, mit Robert an ihrer Seite, den Weg des Mannes versperrt.

Der Mann stellte die Koffer rechts und links neben sich hin. Dann richtete er sich auf und zog die Schultern zurück. »Wer will das wissen«? fragte er.

Thekla zückte erneut ihren Ausweis. Auch Robert tat es ihr gleich. Beide hielten die Ausweise in Augenhöhe des Angesprochenen. »Kriminalpolizei Siegburg«, meinte Thekla in barschem Ton. »Wollen Sie verreisen«?

»Das geht Sie gar nichts an«, meinte Herr Wiemann und bückte sich wieder nach seinen Koffern. Er versuchte sich den Weg zu seinem Wagen, mitten durch die nebeneinander stehenden Beamten, zu nehmen. Robert machte jedoch eine seitwärts Bewegung und stand nun >Gesicht an Gesicht< mit dem Mann. Dieser grinste, wie Sean Connery in „Never Say Never Again". »Wie ich ihren Ausweisen entnehme, haben sie hier in Rheinland-Pfalz keinerlei Befugnisse. Sollten Sie mich also jetzt daran hindern wollen, meinen Wagen zu besteigen, haben Sie sehr bald ein Disziplinarverfahren, wegen Freiheitsberaubung, zu erwarten«, meinte er großspurig.

Thekla zog Robert zu sich heran, wobei sie selber zwei Schritte zur Seite ging. Aaron Wiemann grinste. »Geht doch«, meinte er, legte seine Gepäckstücke in den Kofferraum und fuhr davon.

»So steigst Du mir nicht in mein Auto ein«, hatte Thekla gesagt, als Robert in den Twingo steigen wollte. Also saß Robert mit ausgezogenen Schuhen und nur mit Unterhose und Flanellhemd bekleidet auf dem Beifahrersitz. Thekla hatte ihm ihre Winterjacke gegeben, die er sich über die blanken Beine gelegt hatte. Hoffentlich würde keiner der Nachbarn in Siegburg auf der Straße stehen, wenn er ins Haus laufen würde, um sich frische Sachen, anzuziehen.

*

Sybille hatte den Obdachlosen vom Hangelarer Flughafen nochmals vernommen. Nichts deutete auf einen Zusammenhang zu der verschwundenen Patrizia Martini hin. Er blieb dabei, dass er gesehen hätte, wie aus einer großen schwarzen Limousine, möglicherweise ein Mercedes, das Portemonnaie aus dem Seitenfenster geschmissen wurde. Er hatte es eingesteckt und das Geld daraus entwendet, um sich Lebensmittel und Spirituosen zu kaufen. Eine Frau oder eine Handtasche habe er nirgendwo gesehen. Was ihm eigentlich vorgeworfen würde oder warum er festgehalten würde, wollte er von Sybille wissen.

»Warten Sie bitte noch eine Weile, - meine Chefin kommt bestimmt gleich und wird es Ihnen sicherlich erklären«, hatte Sybille dem Mann gesagt, bevor sie den Verhörraum verließ und der Mann von einem anwesenden Streifenbeamten, der im Haus befindlichen Wache, wieder in die Arrestzelle gebracht wurde. Sie wusste genau, dass Thekla bei der vorliegenden Sachlage, den Mann wieder auf freien Fuß setzen musste. Kein Richter würde unter diesen Umständen einen Haftbefehl ausstellen.

*

»Komisch«, dachte Lisa, »als sie in die Gerastraße in Hangelar einbog, »hier in der Straße wohnt doch auch Frau Kreuter, die ihre Freundin als vermisst gemeldet hatte«. Lisa hatte alle Namen auf der Liste des Schuhgeschäftes abgefahren. Einige waren nicht zu Hause gewesen und einige hatten zwar den Besitz der gelben Lackschuhe bestätigt, aber für den Abend an dem Frau Martini auf der Tanzfläche gesehen wurde, hatten sie ein Alibi, woanders gewesen zu sein. Auf der Gerastraße war kein Parkplatz frei und so bog Lisa in die Gothastraße ab und parkte ihren Dienstwagen. »Ach«, dachte sie, »die Adresse auf dem Zettel ist nur drei Häuser neben der Adresse von Frau Kreuter. Ob die sich sogar kennen«? Sie klingelte an der Haustüre. Ein sehr gepflegter Mann, etwa Mitte Dreißig, öffnete die Türe. »Ja bitte«? fragte er.

»Guten Tag, Lisa Drollig von der Kriminalpolizei Siegburg«, stellte sich Lisa vor, wobei sie ihren Dienstausweis vorzeigte, »eine Frage hätte ich an Sie. Besitzen Sie ein paar gelbe Lackschuhe«?

Der Mann war etwas überrascht, meinte aber: »Warum interessiert sich die Kripo für meine Schuhe? Ja, - ich habe gelbe Lackschuhe«.

Lisa fragte weiter: »Waren Sie vielleicht letzten Samstag auf einer Tanzveranstaltung in Siegburg und haben mit dieser Frau getanzt«? Lisa zeigte auf ihrem Smartphone ein Foto von Patrizia Martini.

Nun fing der Mann herzhaft an, zu lachen. »Ja ich habe dort getanzt, aber mit mehreren Frauen. An die«, er zeigte auf das Bild, »kann ich mich aber nicht erinnern«. Ist ja schon echt lustig,- da wohne ich seit knapp zwei Wochen hier und werde schon in einen Vermisstenfall involviert. Warten Sie mal kurz«. Der Mann schritt von der Haustüre zurück in die Diele. Lisa sah, wie er aus einem Jackett eine Brieftasche zog und mit dieser zurück zur Tür kam. »Schauen Sie mal hier«, er zeigte einen Dienstausweis der Polizei, »ich bin von Frankfurt hierhin versetzt worden und soll übernächste Woche hier in Sankt Augustin meinen Dienst bei der Schutzpolizei beginnen«.

Lisa schaute verlegen zu Boden, fasste sich aber schnell und reichte dem Mann ihre rechte Hand mit den Worten: »Hallo Herr Kollege. Wir sind im Zuge unserer Ermittlungen auf Sie gestoßen. Zurzeit überprüfen wir Träger von gelben Lackschuhen, die auf der Tanzveranstaltung getragen wurden. Sie stehen auf einer Liste von Interessenten eines Schuhgeschäftes«.

»Alles gut«, antwortete der Mann lächelnd und legte Lisa seine linke Hand auf die Schulter, »Sie hatten bestimmt ihre Gründe, bei mir nachzufragen aber diese Schuhe«, er zeigte zurück in die Diele auf die Schuhe an der Garderobe, »gehören einem Freund aus Frankfurt. Ich habe sie mir geliehen und in dem Troisdorfer Geschäft nachgefragt, ob es dort solche gäbe. Die Adresse dieses noblen Schuhgeschäftes habe ich aus dem Internet«.

Nach einem kurzen aber belanglosen Plausch verabschiedete sich Lisa. »Ein netter Bursche«, dachte Lisa, »hoffentlich sieht man sich mal wieder«.

*

Thekla erfuhr am Nachmittag von Sybille, als sie mit Robert wieder im Präsidium ankam, dass es keine neuen

Erkenntnisse bei der Befragung, des nichtsesshaften Mannes, gegeben hätte. Aus diesem Grunde musste sie den Mann wieder in die Freiheit entlassen. Als Auflage wurde ihm allerdings gemacht, dass er sich, solange der aktuelle Fall noch nicht aufgeklärt sei, täglich in der Wache Siegburg melden solle.

»Kann ich mich nicht in Augustin melden«? fragte der Mann etwas mitleidig, »In Augustin, in dem kleinen Wäldchen das sich zwischen Flugplatz und dem Schwimmbad befindet, gibt es zwei Verstecke in denen ich mich wenigstens trocken aufhalten könnte. Ich müsste dann nicht den weiten Weg hierhin laufen«.

»Du hast doch den ganzen Tag Zeit«, frotzelte Robert, der Thekla zur Arrestzelle begleitet hatte, da ist ein Spaziergang zwischen dort und der hiesigen Wache nicht so schlimm«.

Thekla schaute grimmig zu Robert. Was hatte er nur gegen diesen Mann? Sie schien kurz zu überlegen. Dann meinte sie: »Selbstverständlich können Sie sich auch auf der Wache an der Arnold-Janssen-Straße melden. Ich werde die Kollegen dort unterrichten. Sollten Sie allerdings dieser Auflage nicht nachkommen, werde ich am gleichen Tag veranlassen, dass nach Ihnen gesucht wird und Sie in Haft kommen«.

Der Obdachlose griff mit beiden Händen nach Theklas linker Hand. »Danke sehr, ich verspreche Ihnen, dass ich mich strikt daranhalten werde«, meinte er gewissenhaft.

Auf dem Weg zu der abendlichen Fallbesprechung, kam Sybille den Beiden im Flur des zweiten Obergeschosses entgegen. »Ich habe gerade in dem Polizeiticker aus der Umgebung, den ich täglich beobachte, erfahren, dass sich in Bonn ein Mann von der Kennedybrücke in den Rhein gestürzt hat. Hinzueilende Passanten hatten an der Stelle, von wo aus der Mann gesprungen war, einen Abschiedsbrief und einen Ausweis, unter dort abgestellten Schuhen, gefunden«.

»Der Mann bringt sich um und zieht vorher seine Schuhe aus«? fragte Robert verblüfft, »und lässt auch noch seinen Personalausweis dort liegen«?

»Was hat das denn mit uns hier zu tun«? fragte Thekla. »Bonn ist doch ein eigener Polizeibezirk«.

Sybille schaute Thekla an und meinte mit ernster Stimme: »Der Ausweis ist ausgestellt auf Salvatore Martini«.

*

Bernd Lay und Doris Kaminski hatten am Pfingstsamstag, während ihres Kurzurlaubes, einen Anruf von dem von ihnen beauftragten Immobilienmakler erhalten. Er hatte ein Objekt zur Vermietung übertragen bekommen, welches genau auf die Bedürfnisse von Davids Vater und Janas Mutter zugeschnitten schien. Man hatte sich telefonisch darauf verständigt, dass man sich kurzfristig treffen wolle, sobald der Kurzurlaub beendet sei. Dies war also am heutigen Tag, wobei Jana und David bei dem Gespräch anwesend sein sollten. Schließlich ging es darum, für die nächsten Jahre, so glaubte jedenfalls Davids Vater, ein Haus für alle zu finden. David war gar nicht einverstanden.

»Wer weiß, was das für eine Bruchbude sein wird und dann auch noch „eigene Zimmer" von einem gemeinsamen Flur aus. Tolle Privatsphäre"«, meinte er zu Jana.

Es klingelte an der Haustüre von dem Haus, das zurzeit von David und seinem Vater bewohnt wurde. Man hatte sich darauf geeinigt, den Besuch des Maklers, dort stattfinden zu lassen und so waren Jana und ihre Mutter auch vor Ort. Der Makler wurde ins Wohnzimmer gebeten, wo auf dem Tisch bereits Kaffeetassen standen.

»Kaffee«? fragte Jana den Makler, als er sich hingesetzt hatte und Jana mit der frisch aufgebrühten Kanne den Raum betrat.

»Sehr gerne«, bekam sie zur Antwort, während der Makler sich auf einen Sessel gesetzt hatte und ein Exposé aus seiner Aktentasche holte. »Schauen Sie mal hier«, meinte er, »ich habe hier ein eingeschossiges Einfamilienhaus mit einhundertvierzig Quadratmetern Grundfläche und zusätzlich ausgebautem Dachgeschoss mit etwa fünfundsechzig Quadratmetern Wohnfläche, das mit eigenem Hauseingang durchaus auch als separate Wohneinheit angesehen werden kann«.

David und Lisa sahen sich überrascht und mit aufgerissenen Augen an.

»Wo steht das Haus«? fragte Doris Kaminski, »Irgendwo im Nirgendwo«? Damit meinte sie natürlich, ob es weit weg von Siegburg und ohne Auto, gar nicht zu erreichen sei.

»Es ist ein richtiger Schnapper«, meinte der Makler, »und Sie sind die ersten, denen ich dieses Haus offeriere. Es steht in Siegburg-Deichhaus, an der Bunzlauer Straße«

Nachdem der Makler nun noch den Mietpreis genannt hatte und dieser etwas niedriger war, als die Eltern von

Jana und David derzeit für ihre jeweils gemieteten Häuser bezahlten, war man sich schnell einig. Für den nächsten Tag wurde ein Besichtigungstermin vereinbart.

»Juhu, - eine eigene abgeschlossene Wohneinheit« jauchzten Jana und David, als der Makler das Haus verlassen hatte.

»Und für Euch sogar mietfrei. Besser könnt Ihr es doch gar nicht haben«, meinte Bernd Lay und nahm die beiden „Kinder" in die Arme.

*

»Ich glaube, wir müssen unsere Besprechung ein klein wenig verlegen. Ich muss erst noch ein wichtiges Telefonat führen«, meinte Thekla zu Lisa und Sybille, die bereits im Besprechungsraum Platz genommen hatten. Thekla versuchte bereits seit sieben Minuten, die Kollegen von der Bonner Schutzpolizei, zu erreichen, die als erste auf der Kennedybrücke waren und die Schuhe, den Abschiedsbrief und den Personalausweis gefunden hatten. Endlich klappte die Weiterleitung in der entsprechenden Dienststelle zu dem Raum, in der die Beamten nach ihren Einsätzen, die Einsatzberichte schrieben.

»Hier Thekla Sommer, Kripo Siegburg. Ich bin Dienstgruppenführerin in der Mordkommission. Wir haben hier derzeit einen dubiosen Fall, bei dem es um eine vermisste Patrizia Martini und deren Ehemann Salvatore Martini geht. Könnt Ihr uns vielleicht im Rahmen der Amtshilfe, den Abschiedsbrief und den Personalausweis hierhin mailen? Wir würden gerne abgleichen, ob es sich tatsächlich um den, von uns gesuchten Mann, handelt«?

»Klar, können wir gerne machen. Was uns hier im Moment nur sehr komisch vorkommt ist die Tatsache, dass jemand von der Brücke in den Rhein springt und einen Brief und seinen Perso vorher ablegt. Habt Ihr da eine mögliche Erklärung, da Ihr ja anscheinend im Rahmen Eurer Ermittlungen schon tiefer recherchiert habt«? fragte der Kollege am Telefon.

»Da haben sich bei uns bereits einige ungeklärte Sachen ergeben. Eine davon ist, dass der Personalausweis, der noch vermissten Frau vor der JVA in Siegburg, in der Nähe einer Blutlache gefunden wurde«, gab Thekla an.

»Oh«, meinte der Beamte in Bonn, »den Fall möchte ich hier aber nicht bearbeiten wollen. Klingt nach sehr zeitaufwändiger Ermittlungsarbeit und Fingerspitzengefühl. Wir mailen Euch die Sachen zu. Wie ist die Mailadresse«?

Thekla gab wunschgemäß die Adresse an, fragte aber, ob die Kollegen die Sachen an die Abteilungsadresse und nicht an die Zentraladresse schicken könnten? »Eine Sache noch«, meinte sie schnell, bevor das Gespräch unterbrochen würde, »ist die Leiche oder Sonstiges im Rhein gefunden worden«?

»Die sofort eingeleitete Suche von der Brücke aus rheinabwärts, durch das an der Kennedybrücke stationierte Feuerwehrboot sowie den Einsatz eines Polizeihubschraubers und der Rettungskräfte der DLRG, hatte nichts ergeben«, bekam Thekla als Auskunft. Danach wurde das Gespräch beendet.

*

Mit großer Anstrengung hatte er es geschafft gegen die Strömung voranzukommen. Etwa einhundert Meter stromaufwärts, davon circa sechzig Meter an der Kaimauer entlang, musste er zurücklegen bis zu einer schmalen, aus Basaltsteinen bestehenden Treppe, die in die Mauer eingelassen war und vom Rheingrund bis hinauf zur Uferpromenade reichte. Hier wurden vor vielen Jahren anscheinend kleine Ruderboote, die Ware in den Städten verkauften, vielleicht aber auch verschiedene kleinere Fischerboote, entladen. Es hatte sich ausgezahlt, dass Salvatore Martini vor einundzwanzig Jahren, während seines Wehrdienstes bei der italienischen

Marine, zum Kampfschwimmer ausgebildet wurde und während seines Gefängnisaufenthaltes, ein Muskelaufbautraining absolvierte hatte. Zum Glück waren nur eine Handvoll Menschen um diese Uhrzeit auf der langen Promenade unterwegs. Aber auch das war von langer Hand geplant und mit in den Ablauf eines großen Plans integriert. Salvatore schaffte es, ohne gesehen zu werden, an die rückwärtige Seite eines Kiosks zu gelangen, wo sich eine öffentliche Toilettenanlage befand. Dort waren frische Sachen sowie ein Prepaid Handy und ein neuer Ausweis versteckt. Sein jetziger Name war: „Angelo Narvano".

*

Robert hatte sich entschlossen seiner Liebsten während sie duschte, etwas zum Abendessen zuzubereiten. Er hatte wohl aus ihren Worten gelernt, sich künftig nicht mit billigen chemischen Fetten zuzuballern. Also stand er in der Küche, hatte ein halbes Pfund Spaghetti gekocht, diesmal etwas weicher als „al dente" und sehr hochwertiges Olivenöl aus dem Gourmetladen am Siegburger Markt erhitzt. Dazu hatte er sich ein leichtes Rührei mit Grieschichem Schafskäse ausgedacht. Er holte gerade die Pfanne vom Ofen, als Thekla im Bademantel die Treppe herunterkam und sich die Haare noch mit einem Handtuch trocken rubbelte.

»Hm, - das riecht aber gut«, meinte sie, als sie zu ihm ging und ihm mit der rechten Hand, leicht über den Po streichelte.

»Jetzt bitte nicht«, meinte er, als er die Teller mit einer halbierten Knoblauchzehe parfümierte, die gekochten Spaghetti darauf gab und das Ganze mit dem leicht erhitzten Öl ein wenig übergoss. Als Krönung arrangierte er das Rührei mit Schafskäse auf einen Beilagenteller und legte noch jeweils zwei entkernte Oliven dazu.

»Et voila« trällerte Robert und brachte das Essen auf den mit Servietten und Besteck gedeckten Tisch in der Essecke.

»Köstlich«, schwärmte Thekla, als sie die ersten Gabeln probiert hatte. Sie liebte den Geschmack der Einfachheit. „Spaghetti aglio e olio" war so ein Gericht, das ihr mit hochwertigen Zutaten zubereitet, ein Lächeln in ihr Gesicht zauberte. Das Rührei mit dem Schafskäse war eine Zugabe nach Roberts Gusto, hätte aber anhand des hohen Fettgehaltes im Käse nicht unbedingt sein müssen. Robert hatte es gut gemeint und so lobte sie ihn nach dem Essen: »Ein Chefkoch hätte es nicht besser machen können. Es wird Zeit, dass Du endlich den Kochkurs besuchst, der in Kaldauen angeboten wird. In Dir steckt noch riesiges Potential«. Als die Beiden anschließend bei einem Glas Rotwein auf der Couch saßen, Thekla die Füße hochgelegt hatte und sich mit dem Oberkörper an Robert schmiegte, meinte sie nachdenklich: »Warum zieht einer die Schuhe aus und stellt sie auf einen Abschiedsbrief mit beiliegendem Personalausweis, wenn…«

»Damit der Brief nicht wegweht wird«, fiel Robert ihr ins Wort.

»Ja, das kann durchaus sein, aber wenn derjenige noch einige Stunden vorher ein Loch gräbt, um einen Stick aus einem eingemauerten Safe zu holen. Wieso? - da stimmt doch was nicht«?

Robert nickte still vor sich hin. Nach einer Weile fragte Thekla:

»Und warum wird vor der JVA ein angeblicher Unfall mit Blutlache inszeniert und der Ausweis von Frau Martini, die als vermisst gilt, dort aufgefunden«?

Nach einer Weile meinte Robert: »Ich habe mal in einem Krimi gelesen, dass die italienische Mafia auf diese Art und Weise Hinweise an Leute gibt, um diese dann unter Druck zu setzen. Sozusagen als Hinweis auf das, was einem passieren könnte, wenn man deren Forderungen nicht erfüllt«.

Thekla setzte sich nun aufrecht hin und nahm dabei die Füße von der Couch. Sie stellte das halb geleerte Glas auf den Tisch und fragte:

»Mafia? Meinst Du wirklich«? Nach einer Weile des Nachdenkens schüttelte sie bedächtig den Kopf und meinte, »Nein, - ich glaube da steckt was ganz anderes dahinter, - und was, das kriegen wir auch noch raus«.

*

Der Twingo sprang wieder einmal nicht an. Thekla schlug mehrmals wild aufs Lenkrad.

»Vielleicht solltest Du doch einmal darüber nachdenken, Dich von Deinem liebgewonnenen Auto zu trennen und Dich nach etwas Neuem umzusehen«?

»So viele Jahre ist er mir schon treu geblieben. Wir haben einhundertsechsundachtzig tausend Kilometer gemeinsam hinter uns gebracht. Nie hat er mich im Stich gelassen«. Meinte sie schluchzend. »Vielleicht reicht ja wirklich nur der Ersatz der Verteilerkappe«?

»Das wird bestimmt erst einmal die ständigen Startschwierigkeiten, die bei Nässe auftreten, beseitigen. Dennoch ist das Alter und die relativ hohe Kilometerleistung vorhanden« meinte Robert vorsichtig, denn er wollte sich nicht schon wieder wegen Theklas „Schätzchen", den gemeinsamen Tag verderben.

Thekla nickte wortlos, während Robert ausstieg, die Motorhaube öffnete und wieder einmal die Verteilerkappe mit einem fuselfreien Tuch trockenwischte.

»Ich habe letztens bei dem Gebrauchtwagenhändler auf der Luisenstraße, einen weißen Twingo „night & day" gesehen. Er war Baujahr 2011, jedoch mit sehr niedriger Kilometerleistung, so etwas über fünfzigtausend. Er hatte eine Zentralverriegelung, Klimaanlage, elektrische Fensterheber und elektrische Außenspiegel. Das Größte überhaupt ist, er hat ein elektrisches, nach hinten fahrendes, Glasdach. Zwei Drittel des Daches bestehen komplett aus getöntem Glas, das zur Hälfte geöffnet werden kann«.

Thekla schaute Robert mit großen verliebten Augen an. »Elektrische Fensterheber und das elektrische Glasdach, wären schon was tolles«, dachte sie. Leider wusste Robert, dass diese Liebe im Moment nicht ihm, sondern dem eben erwähnten Twingo galt. Sie liebte nun mal dieses Model. »Wir können es uns bei Gelegenheit mal ansehen«, wollte er Thekla aufmuntern, doch sie nahm es sofort zum Anlass, ihn liebevoll darauf festzunageln.

»Okay, - sobald der jetzige Fall gelöst ist, fahren wir dort hin«, meinte sie grinsend und startete den Wagen, um zum Präsidium zu fahren.

*

Lisa wartete bereits aufgeregt in ihrem Büro der Mordkommission. Als sie Thekla und Robert zu deren Büro gehen sah, sprang sie von ihrem Stuhl auf und eilte auf den Flur.

»Thekla« rief sie den Beiden hinterher.

Diese drehte sich um und war verwundert, dass Lisa bereits im Büro war, da sie das Zusammentreffen doch erst in fünfzehn Minuten terminiert hatte.

»Thekla«, wiederholte Lisa nun erneut und ging auf die Beiden zu, »ich habe die ganze Nacht über das Verschwinden dieser Frau Martini nachgedacht und das Auffinden ihres Personalausweises vor der JVA. Ich bekomme diese beiden Tatsachen nicht zusammen. Wieso gräbt dieser Salvatore bei strömendem Regen ein Loch in seinem Garten, um sich am nächsten Tag das Leben zu nehmen? Wieso schreibt er in seinem Abschiedsbrief, dass er ein Leben ohne seine verschwundene Ehefrau nicht aushält, obwohl er doch erst sechs Jahre ohne sie aushalten musste? Nicht zuletzt wundert mich die

Aussage dieses Aaron Wiemann Euch gegenüber, er würde keine Aussage zu den Martinis machen und lässt Euch einfach so in Birkenbeul stehen. Da passt für mich so viel nicht zusammen«.

Thekla legte den linken Arm um die Schulter der links neben ihr stehenden Lisa, dann holte sie tief Luft und schnaufte einmal kräftig durch, bevor sie ihr antwortete: »Genau darüber haben Robert und ich gestern Abend auch gesprochen«. Als die Drei nun in Richtung Theklas Büro gingen, kam ihnen Sybille mit einem Tablett in den Händen entgegen. Sie hatte frischen Kaffee aufgebrüht und wollte ihn ins Besprechungszimmer bringen. »Guten Morgen zusammen« begrüßte sie ihre Kollegen, während Robert, ganz vorbildlich, die Türe zum Besprechungsraum öffnete.

»Nun kommt mal mit rein«, meinte Sybille mit einem vielversprechenden Grinsen auf den Lippen, »ich muss Euch Neuigkeiten erzählen«.

Robert hatte sich und nur sich, mal wieder als erster Kaffee eingeschüttet. Ein wenig Milch, - einmal umrühren und er lehnte sich in dem gemütlichen Stuhl, der mit beigem Kunstleder überzogen war, zurück. Er achtete gar nicht darauf, dass sich niemand anderes die Tasse füllte, sondern dass alle darauf warteten, dass Sybille endlich loslegte.

»Also«, begann sie, »ich habe sehr schlecht geschlafen. Der Fall ließ mich irgendwie nicht schlafen und so machte ich mich bereits in den frühen Morgenstunden, in meinem Pyjama auf meinem Sofa daran, im Internet zu recherchieren. Durch meine langjährige Arbeit hier, wusste ich ja, auf welchen Seiten ich nach den Informationen suchen müsste, um fündig zu werden«.

»Nun mach es doch nicht so spannend, - komm auf den Punkt«, meinte Robert und nahm wieder einen Schluck aus der Tasse.

Theklas Kopf drehte sich zu Roberts Platz und sie sah ihn ziemlich wütend an. Dann meinte sie in ruhigem Ton zu Sybille gewandt: »Was hast Du denn recherchiert«?

»Ich habe herausbekommen, dass Salvatore Martini früher seinen Grundwehrdienst in der italienischen Armee absolviert hatte und er während dieser Zeit, bei der Marine zum Kampfschwimmer für feindliche Übergriffe, ausgebildet wurde«.

Thekla stützte ihre Hände auf den links und rechts befindlichen Armlehnen ab. Ihr Kopf zuckte nach vorne und nach einem lauten »Wie bitte«? schaute sie Sybille mit geöffnetem Mund an.

»Dann hat er uns womöglich nach Strich und Faden verarscht«, meinte Robert, der nun auch die Tasse abgestellt hatte und verwundert in die Runde schaute.

Thekla nickte bedächtig und schwieg eine ganze Weile. Dann meinte sie: »Ich habe bereits seit einigen Tagen so ein komisches Bauchgefühl und ich wusste es nicht einzuordnen«, sie streichelte sich mit kreisenden Bewegungen über ihren Bauch. »Jetzt aber könnte sich auch ergeben, warum der Ausweis von Patrizia Martini vor der JVA gefunden wurde«.

»Nämlich«? fragten Lisa und Sybille fast gleichzeitig.

»Die wollen uns mit falschen Fährten hinters Licht führen. Wie kann man besser untertauchen, als wenn man als vermisst oder verschollen gilt«? meinte Thekla fragend.

»Das muss aber schon ein sehr gut ausgeklügelter Plan sein«, meinte Robert. »Wie sollen sie das gemacht haben, wo doch Martini nachweislich die letzten Jahre eingesessen hat«?

»Hat er das wirklich? oder hatte er zeitweise Freigang«? antwortete Thekla. Sie stand auf, um sich das Telefon, das am anderen Ende des Tisches stand, zu holen.

»Ich ruf mal den Gefängnisdirektor hier in Siegburg an«, meinte sie und ließ sich über die Telefonzentrale des Präsidiums mit ihm verbinden.

Ohne langes Vorgeplänkel kam Thekla recht schnell zum Grund ihres Anrufes. »Wir ermitteln in einem sehr komplizierten Fall, bei dem Herr Salvatore Martini, der am Montag bei Ihnen nach sechsjähriger Haft entlassen wurde, eine maßgebliche Rolle spielt. Augenscheinlich ist er vor Zeugen von einer Rheinbrücke gesprungen, um sich, wie ein Abschiedsbrief hervorbrachte, das Leben zu nehmen. Das passt aber nicht mit seiner Ausbildung als Kampfschwimmer und dem, sich einige Tage vorher, ereignetem Verschwinden seiner Ehefrau zusammen. Können Sie uns freundlicherweise Auskunft darüber geben, ob ihm in den letzten Monaten oder Jahren Freigang gewährt wurde«?

»Da helfe ich Ihnen selbstverständlich gerne weiter«, meinte der Gefängnisdirektor, »einen Moment bitte«.

Thekla schaute die um den Besprechungstisch sitzenden Kollegen an und nickte, wobei sie zum Telefonhörer zeigte.

»Da bin ich wieder«, meldete sich der Mann, nachdem er das entsprechende Programm an seinem Computer aufgerufen hatte. »Nach den Einträgen in seiner elektronischen Akte, sehe ich hier einen Antrag auf Freigang, vor etwa fünf Monaten. Dieser Antrag wurde aber von uns, auf Anraten der Gefängnispsychologin, abgelehnt«.

»Komisch«, meinte Thekla, »unserer Meinung nach muss dieser gut durchdachte Plan von verschiedenen Beteiligten ausgeklüngelt worden sein. Ein Plan allerdings, der erst nach seiner Haftentlassung, Wirklichkeit werden sollte. Hatte Herr Martini während seiner Haft häufig Besuch von verschiedenen Leuten bekommen«? fragte Thekla«.

»Auch da schaue ich gerne nach. Die entsprechenden Besucher werden selbstverständlich im Wachbuch an der Pforte notiert, aber auch sofort danach in der Datei des Besuchten hinterlegt. Wie ich daraus ersehe, ist in den ersten Jahren seine Ehefrau, dreimal pro Jahr gekommen. In den letzten sechs Monaten allerdings ist sie monatlich gekommen, wobei ich hier erkenne, dass ebenfalls monatlich, ein Herr Aaron Wiemann, bei ihm Besuchszeiten wahrgenommen hatte«.

»Aha, - gut zu hören, - der Name ist uns auch bekannt. Sie haben uns sehr geholfen. Vielen Dank für die Auskünfte«.

»Sehr gerne«, verabschiedete sich der Gefängnisdirektor und beendete das Telefonat. Thekla informierte die anderen über den Gesprächsinhalt.

»Dann hat dieser Wiemann doch engeren Kontakt zu den Martinis? meinte Robert. »Vielleicht haben die Martinis und er sogar sehr engen Kontakt«?

»Davon gehe ich auch aus. Jetzt, - wo Salvatore und Patrizia Martini untergetaucht scheinen, ist vielleicht auch ein Abtauchen dieses Herrn Wiemann in Betracht zu ziehen«? Sybille hatte dies eigentlich nur „laut" gedacht und wollte es gar nicht zur Diskussion stellen, doch Thekla nahm den Gedanken auf.

»Aaron Wiemann ist uns in Birkenbeul mit zwei Reisekoffern begegnet, die er neben seinem Aktenkoffer ebenfalls in die Limousine gepackt hatte. War das vielleicht die Vorbereitung darauf, sich ebenfalls abzusetzen und er sich deshalb so vehement weigerte mit uns zu reden«?

»Er wollte bestimmt nur mal wieder zu einem Geschäftstermin fliegen«, meinte Robert beiläufig.

»Fliegen«, meinte Thekla und schlug mit der flachen Hand auf die Tischplatte, »genau das ist es. Wie kann man am besten außer Landes gelangen, wenn nicht mit einer

Privatmaschine, deren Passagiere nicht von geschultem Sicherheitspersonal am Flughafen kontrolliert werden«?

»Da bleibt aber immer noch die Frage, was die Drei wirklich verbindet, außer der Liebe zu der Frau. Warum schmieden sie einen so verzwickten Plan, wenn sie doch auch ganz legal zusammen wegfliegen könnten«? fragte Sybille.

Jetzt meldete sich Robert und meinte: »Und was zum Teufel soll auf dem USB-Stick so Wichtiges sein, dass man ihn über Jahre hinweg in einem Safe im Garten versteckt und ihn nachts dort ausgräbt«?

»Lisa, was meinst Du dazu«, fragte Thekla Lisa, die während der ganzen Zeit auf ihr Tablett schaute und dort anscheinend Informationen sammelte.

Lisa hob den Kopf und schaute die anderen im Raum an. »Ich glaube, ich habe eine mögliche Erklärung auf alle diese Fragen«, sagte sie und zeigte auf ihr Tablett. »Salvatore Martini verbüßte eine Haftstrafe wegen Fälschung von Kreditkarten. Was braucht man, um solche Fälschungen herzustellen? Richtig, - Kartenrohlinge die man in diversen Foren im Internet erwerben kann. Weiterhin braucht man eine spezielle Maschinerie, um ergaunerte Daten echter Karten auf die Rohlinge zu übertragen. Das Wichtigste aber ist, - man braucht ein ganz spezielles Computerprogramm, um den Vorgang des Raubes der Daten und das Übertragen dieser Daten auf „neue" Karten, zu generieren. Wo ist nun das Speichern dieses Programms oder der Programme am sinnvollsten? Auf einem USB-Stick. Martini hatte diesen Stick und Wiemann hat möglicherweise Verbindungen zu sehr reichen Menschen in aller Welt. Die Verbindung zwischen den Beiden ist Patrizia Martini, die möglicherweise als erstes den Grundgedanken hatte, hier eine Verknüpfung zu erstellen und im „großen Stil" Kreditkartenbetrug wieder aufleben zu lassen. Gerade jetzt, wo es heißt das Bargeld abgeschafft werden soll und alles nur noch auf Kreditkartenzahlung hinauslaufen soll. Was braucht man noch? – Genau,- neue Identitäten, diese erlangt man am besten durch vorgetäuschten Suizid oder durch Entführung, - danach gefälschte Personalausweise und unbemerkt über die Grenze ins Ausland. Wo aber soll dieses Mekka für den „neuen Start" sein«? Lisa schaute zu Thekla.

»Am besten dort, wo es reiche Menschen zu Hauf gibt und es nicht sofort auffällt, wenn jemand mal seine Karte nicht sofort findet«, meinte Thekla nachdenklich. Plötzlich kam ihr die Gedenkmünze in den Sinn, der in dem Portemonnaie von Patrizia Martini gefunden wurde, sowie das Wappen der kleinen Schatulle aus dem Safe in Birkenbeul. »Monaco«, rief sie laut, - »die wollen nach Monaco, alle Drei«.

Robert griff sofort zum Telefon und erkundigte sich am Flugplatz Hangelar, ob ein Flug von Herrn Aaron Wiemann mit zwei Passagieren stattgefunden hatte. Er erhielt als Antwort, dass so ein Flug angemeldet sei und die Maschine, seine Cessna, bereits aufgetankt auf der Zubringerstrecke zum Rollfeld stehen würde. Der Pilot und die Passagiere seien noch nicht vor Ort, da der Flug für dreizehn Uhr angemeldet sei. »Wir erwarten die Herrschaften in den nächsten zehn Minuten«, meinte der freundliche Mann im Tower des Flugplatzes.

»Würde man mit der Maschine bis Monaco kommen«? wollte Robert noch wissen.

Nach einer Weile, nachdem der Mann am Telefon Berechnungen durchgeführt hatte, meldete er sich wieder: »Monaco ist durchaus mit der Maschine nonstop erreichbar«, meinte er. »Die Maschine kann voll aufgetankt etwa elfhundert Kilometer fliegen. Monaco ist, bei direkter Route, siebenhundertneunundsiebzig Kilometer entfernt«.

»Lassen Sie die Maschine auf keinen Fall starten", meinte Robert. »Dies ist eine polizeiliche Anordnung. Wir schicken schnellstens Kollegen der Schutzpolizei vorbei und wir kommen auch so schnell es geht«. Dann erhob sich Robert ruckartig von seinem Stuhl, wobei er an den Tisch stupste und seine Kaffeetasse umfiel, wobei sich der restliche Kaffee auf dem Tisch ergoss. »Schnell«, rief er den anderen zu und eilte zur Türe, »die wollen abhauen«.

Robert, Thekla und Lisa liefen über den Flur vom Besprechungsraum in Richtung der Aufzüge.

»Wir nehmen die Treppe«, meinte Lisa und hatte die Türklinke der Türe zum Treppenhaus bereits heruntergedrückt, »wer weiß wie lange der Aufzug braucht und außerdem, ob er noch einen Zwischenstopp auf einer anderen Etage einlegt. Wir sind wahrscheinlich über die Treppe schneller«.

In der Tiefgarage angekommen, entschied Thekla nun doch besser einen Dienstwagen zu nehmen. Sie wollte, nach dem Aussetzer vom Morgen, unbedingt vermeiden, dass ihr geliebter Twingo unterwegs zum Flugplatz wieder streiken würde. Das würde ihr während einer „Einsatzfahrt" eventuell Schwierigkeiten bei Alfred Bollenkamp einbringen. Sie glaubte zwar nicht daran, dass dies geschehen würde, - aber sicher war sicher.

Robert setzte sich ans Steuer eines Zivilwagens der Marke VW-Passat B8. Nachdem die beiden Frauen eingestiegen waren, startete er den 190 PS starken Motor des Wagens und fuhr durch das Rolltor hinauf zur Frankfurter Straße. Thekla informierte per Handy die Kollegen der Wache in Sankt Augustin und forderte

Unterstützung zweier Streifenwagenbesatzungen an, um das Flugzeug unbedingt daran zu hindern, abzuheben. Die Insassen der Maschine sollen bitte in Gewahrsam genommen werden. Sie selber wäre auf dem Weg zum Flugplatz. Dies alles hatte sie so schnell gesagt, dass sie das Gespräch bereits beendet hatte, bevor Robert die Brücke erreichte, welche am Stadtrand von Siegburg über die Sieg, nach Sankt Augustin führte.

*

»Stoppen Sie sofort die Maschine und stellen den Motor ab«, rief der Mann ins Mikrofon, als er sah, dass die Maschine, die für den Flug nach Monaco eingetragen war, den Motor angelassen hatte und ganz langsam vom Zubringer aus zur Start- und Landebahn rollte. »Hiermit wird Ihnen die Starterlaubnis entzogen. Hören Sie? – Sie haben keine Starterlaubnis. Bitte bestätigen Sie«.

»Was ist denn los«? fragte Wiemann über Funk, da er als erfahrener Pilot die Regeln genau kannte, unbedingt den Anweisungen des Towers, Folge zu leisten.

»Wir haben unklare Flugbewegungen im Luftraum über dem Flugplatz«, log der Verantwortliche im Tower, der nicht mitbekommen hatte, wie die Passagiere der Maschine von den Kollegen in der Passkontrolle abgefertigt wurden und diese zu Fuß zur Maschine gegangen waren.

Wiemann stellte den Motor ab.

»Was ist denn los«? fragte Salvatore Martini aufgeregt.

»Keine Ahnung«, meinte Wiemann, der vom Tower aus einen VW-Bus mit großen gelb-schwarzen Karos lackiert, auf das Flugzeug zukommen sah. Als der Bus quer vor die Maschine zum Stehen kam, kamen auch noch zwei Streifenwagen mit Blaulicht auf das relativ große Flugplatzgelände gefahren. Diese stellten sich rechts und links neben die Maschine. Die Polizisten sprangen aus den Autos und zogen ihre Dienstwaffen. Schell gingen sie, die Streifenwagen als Schutz zwischen sich und dem Flugzeug, in die Hocke und richteten die Waffen in Richtung der Flugzeugtüren.

Als Thekla, Robert und Lisa auf dem Flugplatz ankamen, waren die drei Insassen des Flugzeugs bereits ausgestiegen und standen, gesichert durch die Kollegen in Uniform, an den Streifenwagen.

*

Am Abend lag diesmal Robert mit ausgestreckten Füßen auf der Couch, den Kopf auf Theklas rechtem

Oberschenkel gelegt. Mit sanft geschlossenen Augen meinte er:

»Ich wäre so gerne auch einmal in Monaco, bei den Reichen und Schönen, an der legendären Formel 1 Rennstrecke«.

Thekla schmunzelte, nahm noch einen Schluck aus ihrem Weinglas, bevor sie es auf dem Tisch abstellte und langsam von der Stirn aus bis zum Kinn über Roberts Gesicht streichelte. Dann meinte sie in ganz ruhigem und sanftem Ton:

»Träum ruhig weiter«.

ENDE

Bisher erschienen in dieser Reihe:

Mord in Siegburg

Der **erste** Fall der Kommissarin Thekla Sommer

Mord in Bornheim

Der **zweite** Fall der Kommissarin Thekla Sommer

Mord in Rheinbach

Der **dritte** Fall der Kommissarin Thekla Somme

Mord in Sankt Augustin

Der **vierte** Fall der Kommissarin Thekla Sommer

Mord im Bonner "Regierungsviertel"

Der **fünfte** Fall der Kommissarin Thekla Sommer

Mord in Siegburg-Zentrum

Der **sechste** Fall der Kommissarin Thekla Sommer

Mord in Wesseling

Der **siebte** Fall der Kommissarin Thekla Sommer

Mord in Hennef

Der **achte** Fall der Kommissarin Thekla Sommer

Mord in Eitorf

Der **neunte** Fall der Kommissarin Thekla Sommer

Mord im Siebengebirge

Der **zehnte** Fall der Kommissarin Thekla Sommer

Morde mit "VX" (Trilogie)

> Teil 1/3 Troisdorf < , > Teil 2/3 Remagen < , > Teil 3/3 Heisterbach <

Der **elfte** Fall der Kommissarin Thekla Sommer

Mord in Niederkassel

Der **zwölfte** Fall der Kommissarin Thekla Sommer

Mord in Harmonie, -Ein Eitorf Krimi-

Der **13te** Fall der Kommissarin Thekla Sommer

Mord in Siegburg-Stallberg

Der **14te** Fall der Kommissarin Thekla Sommer

Mord in Bornheim-Walberberg

Der **15te** Fall der Kommissarin Thekla Sommer

Mord am Siegburger Michaelsberg

Der **16te** Fall der Kommissarin Thekla Sommer

Patrizia M. - vermisst am Flugplatz Hangelar

Der **17te** Fall der Kommissarin Thekla Sommer

Über den Autor:

Geboren 1958, in der Zeit des Wirtschaftswunders, verbrachte er seine Kindheit, mit zwei Schwestern und zwei Halbbrüdern, in Siegburg und dem ländlichen Windeck. Geprägt von dem idyllischen Umfeld, fühlte er sich in der Stadt nie so recht wohl und er suchte sein soziales Umfeld meist in ländlichen Regionen, wie Rheinbach, Meckenheim, Bornheim oder Herchen/Sieg.

Bereits im jungen Erwachsenenalter fing er an, seine Gedanken schweifen zu lassen und niederzuschreiben. Am Anfang war es mal ein Kinderbuch oder philosophische Zeilen. Als zertifizierter Psychologischer Berater folgte ein psychologisch/spirituelles Werk. Seit einiger Zeit entspringen Krimis (aus dem Rhein-Sieg-Kreis und dem Rheinland) seinen Gedanken und dem Werk seiner Phantasie. Hier legt er aber besonderen Wert auf umfangreiche, historische Recherche hinsichtlich der Schauplätze seiner Handlungen.